与另一个世界的你相遇

陈谌 作品

北京联合出版公司
Beijing United Publishing Co.,Ltd.

图书在版编目（CIP）数据

与另一个世界的你相遇 / 陈谌著. — 北京：北京联合出版
公司，2018.10

ISBN 978-7-5596-2256-3

Ⅰ. ①与… Ⅱ. ①陈… Ⅲ. ①长篇小说－中国－当代
Ⅳ. ①I247.5

中国版本图书馆CIP数据核字（2018）第123805号

与另一个世界的你相遇

作　　者：陈　谌
责任编辑：徐　鹏
产品经理：张其鑫
特约编辑：丛龙艳

- -

北京联合出版公司出版
（北京市西城区德外大街83号楼9层　100088）
北京联合天畅发行公司发行
天津光之彩印刷有限公司印刷　新华书店经销
字数 145千字　880mm×1230mm　1/32　印张 7.5
2018年10月第1版　2018年10月第1次印刷
ISBN 978-7-5596-2256-3
定价：42.00元

- -

目　录

Chapter One

〜〜〜

　　神说，那人独居不好，我要为他造一个配偶帮助他。

　　我走在一座金色的花园里，道路的两旁盛开着颜色艳丽的花，不远处有一棵十分高大茂密却不知什么品种的树，在辽阔的四周显得异常突兀。我光脚踏着柔软的沙砾走过去，却发现树上长满了绿油油的黄瓜。

　　我站在树荫下思考了很久黄瓜到底为什么会长在树上，没想到一根黄瓜忽然掉下来砸在了我的脑袋上，我捡起来一看，居然是条蛇，吓得连忙把它甩出老远。

　　只见那条蛇惨叫一声，从地上直挺挺地立了起来，我定睛一瞧，它长得相当怪异，两个腮帮子鼓鼓囊囊的，脑袋涨得通红，不知是因为受了伤还是因为被我扔得有点生气。

　　见它似乎要冲过来攻击我，我转身就想跑，怎料它露出一对尖牙，朝我喷射出两股乳白色的毒液，正好命中我的两腿之间，一股凉飕飕的酥麻感顿时在我全身蔓延开来，紧接着便是一阵天旋地转。

然后我就这样被惊醒了。

一睁开眼，就瞄到墙上那座古怪的电子钟，上面显示的时间是 8 月 17 日下午 6：06：06。

这座电子钟是我最好的朋友徐小曼去荷兰旅游的时候带回来送我的，但它原本并不应该被挂在墙上，因为它根本就不是挂钟，而是一个座钟。它被设计成一个风车的样子，一到整点，扇叶就会呼啦啦地开始疯狂旋转，风力无比强劲，以至于我最初把它放在床头柜上的时候，它总是准时把自己放倒，所以，后来一气之下我才把它钉在床边的墙上。

蒙眬中我开始感到有些异样，尽管现在是暑假，但我平时也很少睡到这个时候才起床，难道是因为前一晚阅片无数，操劳过度了吗？

而且，我睁眼的时候，无端觉得鼻子痒痒的，意识恢复了一些后才发觉似乎是头发异常导致的别扭，几乎把整张脸都遮住了。坐起来一摸，头发竟然长到肩膀了，吓得我顿时完全地清醒了。

手忙脚乱地准备爬下床找拖鞋的时候，我一低头发现了一个——不，应该说是一对更加惊悚的东西：我的胸部竟然肿了起来，像俩刚蒸出来的馒头一样吊在那里晃晃悠悠的。因为夏天我一般都是不穿衣服睡觉的，所以我很快就和它们打了个照面。

我颤抖着双手摸了一下，不痛不痒还软绵绵的，那手感惊得我直接就从床上摔下来了，头顺势结结实实地磕在了旁边的衣柜上。

连滚带爬地跑到浴室的镜子前，我发现了一个要不是亲身经历也许自己永远无法相信的事实，那就是老子他妈的竟然变成一个女人了！

我不知道别的男人在这样一个重大而惊悚的时刻会有什么样的反应，我只知道也许是因为有了前面的两个刺激作为铺垫，当我把手伸进自己的裤裆里，然后很遗憾地摸了个空的时候，我只是悠悠地叹了口气。

我心想，难道真的是纵欲过度产生幻觉了吗？还是就干脆直接给撸成一个女人了啊？

然后我清晰地听见从自己的喉咙里发出了一声清脆而又娇嗔的"我×啊"。

我把自己关在厕所里足足一个小时，很仔细地上上下下、左左右右将自己的身体检查了一遍，试图找出问题的所在，但很遗憾的是，我没有找到任何我曾经是个男人的证据：喉结没有了，大部分体毛也没有了，皮肤细腻、有光泽，胸部丰满，乳头红晕，手指纤细修长，身材苗条匀称，更要命的是连脸都不是自己的了，小鼻子，小嘴巴，一对水汪汪的大眼睛，睫毛长长了，脸型也变成了瓜子脸，全身大概只有一米六八的身高是没有变的，由此看来还真是个标准的尤物啊。

唯一不敢去验证的只有我两腿之间的那个玩意儿，虽然看过不少成人影片，但作为一个骨灰级的处男，它到底是个什么构造我心里其实是完全没谱的，我只是很小心翼翼地望了一眼，不敢拿手碰，正如古语所云，可远观而不可亵玩焉。

但偏偏这个时候我感觉有些内急，心里斗争了好一会儿，终于憋不住了，最后很尴尬地坐在马桶上，握紧双拳抬着头瞪着天花板，咬牙切齿地完成了这项艰巨的初体验。

很庆幸的是，样子虽然变了，功能还是齐全的，勉强算是能用吧，只不过难道以后我都不能站着撒尿了吗？我默默地走回卧室，感到异常地疲惫，把自己扔到床上后，眼前一黑，很快又陷入了死一般的沉睡。

我叫范进，就是《儒林外史》里中举之后发疯的那个范进，从小到大，这个名字被人嘲笑了很久，但看来我这次真是不负众望地中邪了。

我21岁，男——现在不知道是不是女——天蝎座，上升星座还是天蝎座，是一名在校大学生，过了这个暑假，开学就上大三了。我父母好几年前就都出国做生意了，现在家里一直是我一个人住，几乎没有什么亲戚朋友来往，但我也并不觉得寂寞。

我长相平平，不算丑，但也和帅沾不上边，身高就更不用提了，前面说过只有一米六八，没有什么引人注目的特长，成绩也很一般，唯一的爱好就是打游戏，而且在男生里算是打得不错的，然而说到底这也没什么用。

很多人可能不相信，我在学校读的是英语系，一个"桃花"

盛开的地方。不过，很遗憾的是，当初报志愿虽不慎误入"桃花源"，却一直没有什么桃花运，至今没有谈过女朋友。

仔细想想，自己虽然算不上什么"屌丝"，但一向都属于存在感很低的那种人，尽管家境还算过得去，但说到底谁会去在意一个只会打游戏的宅男呢？虽然打游戏也算门技术，但比起那些精通修电脑、弹吉他、修图、做视频的"技术宅"，这门手艺对姑娘的转化率实在是太低了。

在学校的生活是机械重复、单调乏味而又毫无新意的，每天不是在上课就是在去上课的路上，不是在吃饭就是在等待食堂开饭，不是在睡觉就是在昏昏欲睡的混沌中……于是刚刚考完试，我便早早跑回了家，像是从一片肮脏的沼泽地跳入了另外一片腥臭的泥潭，吹着空调上着网吃着泡面，过着堕落、糜烂却自认为惬意自在的生活。

怎料一个多月后的今天，一切就这样逆转了，该死的，谁能告诉我这究竟是怎么回事？

一觉醒来之后，天已经完全黑了，屋里黑灯瞎火啥也看不见，我上上下下把自己又摸了一遍，确定不是在做梦后，我悲伤地想，看来这次真的是玩大了。

我对着空气绝望地叉开了双腿，觉得这个世界深深地侮辱了我。

此刻我躺在床上有些恍惚，也有些无措。我的脑海里开始浮现出很多奇奇怪怪的东西，比如网络小说的狗血剧情、日本动漫里的奇葩设定、科幻电影里的神秘实验，甚至是唯心主义的哲学问题，这个世界究竟是不是真实存在的？我的回忆可靠吗？我也许一直都是个女的，只不过在一夜之间被植入了自己曾经是个男人的记忆，等等。

不过，我脑子里最值得安慰的一件事情是，还好现在不是在宿舍里，不然就算不被那些饥渴的舍友生吞活剥了，也得被他们嘲笑至死。

其实，人在最绝望和无助的时候，往往会在宗教里寻求答案。我回忆起西方文明史老师在给我们讲《圣经》故事的时候提到，上帝把亚当的一根肋骨抽出来，造成了夏娃，意思是，女人是男人的骨中骨、肉中肉。

可那时我脑海里的印象无端地只有骨肉相连，因为当时是上午最后一节课，我没吃早饭，饿得发慌，一听到肋骨、排骨什么的，口水立马就流了一桌子。

现在看来，这个典故似乎有了一个更好的解释，那就是每个男人的身体里都住着一个女人，更准确地说是住在男人的肋骨里，不知道哪天她就把这个男人取代了，把曾经的那个男人变成她的肋骨。

我很忧伤地摸摸胸口，想抚摸一下曾经的自己，看他在里面过得好不好，却只在那里摸到两个馒头。

在床上来回滚了几圈，我觉得，与其这样胡思乱想，不如想想怎么解决问题。现在唯一可以确定的事情是，不管短期内能不能变回去，如何活下去才是最大的问题，毕竟自己这么一变身，最麻烦的就是没人知道我是我了，真是连我老娘都不认识我了。万一哪天她老人家发现我成了这副模样，不承认我是她儿子了，那我可就连生活费都没有了，不过，幸好她在国外，很久才跟我通一次电话，这个想想办法还能糊弄过去，暂时先不做考虑。

但是，我户口本、身份证、医保卡之类的东西算是彻底用不了了，这就意味着我彻底成黑户了，很多事情没法弄了，住宾馆、买机票就别说了，连上个网吧都很困难，回学校上课更是天方夜谭，一方面同学、朋友都认不出我，另一方面我也没法向学校证明自己的身份啊，老师怎么给我成绩呢，难道让我回去从初中重新念起吗？

最让我感到悲愤的一点是，我家里全是男生的东西，连件女生的衣服都没有，好歹得搞件内衣吧，不然我顶着这两个馒头怎么出门啊？

正当我绝望地甩着头发的时候，桌上手机响了。我扑过去拿起来一看，是徐小曼的电话，也就是送我那个破风车座钟的人。

小曼是我小学同学、初中同学以及高中同学，从小一起玩到大的好朋友。她妈妈和我妈妈以前也是同学，所以我家和她家的关系一直都不错，我们俩属于那种无话不谈的类型，因此她对我应该算是知根知底，上大学之后虽然和她去了不同的城市，但是依然时常有联络。

我想了一下，还是接起来了："喂。"

"喂……不好意思，我应该打错了。"她一听我的声音就打算挂掉电话。

"别别别，小曼吧？"我赶忙阻止她。

"这不是范进的号码吗？你谁啊？怎么会知道我？"她显然有些不知所措。

"那个……跟你说你也不信，我就是范进……"

"……的女朋友？不可能吧？"很明显，她的声调都变了。

"不不不是，这个很复杂，你能来我家一趟吗？"

"我又不认识你，干吗去你家啊？"

"我的意思是……你能来范进家一趟吗？我在他家里。"说完这话，我不禁翻了个白眼。

"好吧，他是不是出事了？"她有些紧张。

"嗯，的确是出了点问题，你快点过来吧。"

"好的，马上就到。"

挂了电话以后，我心里直犯怵，不知道该怎么让小曼相信我就是那个和她从小一起长大的朋友。

趁着等小曼的空当儿，我在衣柜里扒了件白衬衫穿上，尽管现在我也是个女人，但我还没有做好和她如此坦诚相见的心理准备。

我打开灯，走到镜子前看了一眼，觉得自己似乎还蛮性感的嘛，果然美女穿衬衫的感觉就是不一样。我有些上瘾地摆了几个自认为妩媚的姿势，然后神经质地从喉咙里笑出了声，我琢磨着，一旦接受了这样的设定，一切似乎也开始变得有些有趣了。

不过，转念一想，自己这想法还真有些危险，这才刚变成女人没多久就上瘾了，以后万一变回来了岂不是要遭殃？无论如何，我都要控制自己的内心，不能被外部的表象所迷惑，失去了自己的爷们儿本性，嗯，这一定是上天对我的一次考验，一定是这样的。

正当我浮想联翩的时候，门铃响了，我走到门口，透过猫眼望出去，小曼正双手交叉跺着脚站在外面，一脸焦急。我胡乱拨弄了几下头发，做了个深呼吸，然后便把门打开了。

她瞪着眼睛从上到下把我扫了一遍，嘴里很小声地嘀咕了句什么，但我还是从她的嘴型看出来是句"我×"。

"那个，进来说，进来说……"我赶紧把她请进来，以免她一直盯着我光溜溜的大腿看。

她进门以后左顾右盼了一阵，喊了声我的名字，见没人应答，又把目光停留在我身上。

"刚才接电话的是你吧，你到底是谁啊？"

我瞪着天花板看了几秒钟，说道："你是范进最好的朋友，对不对？"

"是啊。"

"那你一定很了解他，对不对？"

"是啊。"

"那如果有一天他的样子变了，你还会不会相信他，把他当朋友？"

"当然会了……你说这些干吗，他人呢，你是不是对他做了什么？"

"我就是范进。"

"我没空儿跟你开玩笑。"她很鄙夷地看了我一眼。

"你刚才不是说无论他变成什么样你都会相信他吗？"

"我说我相信他，又不是相信你。"

"可我就是他啊！"

"愚人节早就过了啊，别跟我开这种玩笑，这一点都不好玩。"

我有些无可奈何，只好把她拽到沙发上坐下，然后让她听我慢慢说。

"好，无论怎样，我现在遇到大麻烦了，也许你觉得不可思议，但是这事情我自己也很难接受……"

"你你你……麻烦你说重点……"

我双手用力握住她的肩膀，盯着她的眼睛，非常严肃而诚恳地一字一顿道："我是范进，我变成女人了，你眼前这个就是我，别问我为什么，我他妈的也不知道是怎么回事。"

大概是看我说得很认真，小曼倒吸了一口凉气，然后身体不由得向后仰，像是要远离我一样，但她眼里依然写满了怀疑和不解。

"不是……这个事情，我觉得有点太离奇了吧，你要说你跟他长得像，我也就认了，我就当他把自己阉了，可是你和他甚至都不像一个妈生的，你这就有点……"

"就是因为这件事情说出来太荒诞了，所以它才是真的，如果我要骗你，为什么不编一个更容易让你相信的理由呢？《致命ID》里的台词，我们一起看过的电影，对不对？"

"嗯，没错，而且你这副絮絮叨叨的样子倒也确实挺像他的……这样吧，你怎么证明你就是范进？"

我欲哭无泪，心想，这也许是自己从小到大做过的最难的一道证明题。

"那你问我几个问题呗，我跟你从小玩到大，总有一些事情是只有我们俩才知道的，对吧？"我有些无奈地耸耸肩，说道。

"嗯，我想想啊……我们以前是哪个小学哪个班的？"

"附属小学四班啊，开学第一天你就坐在我前面，我跟你认识就是因为我拿笔在你背后写字把你弄哭了，然后你妈领着你来找我妈，然后她们发现彼此原来也是同学，对不对？"

"啧……没错是没错啊，可是也可能是范进告诉你的啊。"

"我吃饱了撑得把这种无聊的事情到处跟别人说？"

"不是，我的想法是，无论你说出什么我们之间的事情，我都可以认为是范进告诉你的，就算这事情再隐秘，但用来说服我相信你变成了女人，真的很难啊。虽然我几乎已经觉得你就是他了，可毕竟这事儿实在是太离奇，有点超过我的理解范围，需要更有力的证据，所以，你快点想想还有什么办法。"

我歪着脑袋想了半天，最后还是觉得无可奈何，原来想要证明自己是自己是如此困难的一件事情。

"这……我也不知道该怎么说了，不如我们从逻辑上反证吧，既然证明不了我是范进，那不如证明一下我不可能不是范进怎么样？首先，我是个女的，我长得这么漂亮，不可能是范进的女朋友，这一点你同意吗？"

"嗯，这倒是真的，我刚才也在想，你究竟是瞎了怎样的狗眼造了多大的孽才会想到委身于他，他这个老处男，在床上估计都坚持不了五分钟。"

我这时想抽死小曼的心都有，但在这种非常时期，我还是忍住了，继续保持微笑，假装她是在说另外一个人。

"那么我是如何到他家来的呢？我如果不是他，怎么会有他家钥匙呢？况且他如果出门了，手机一定会带在身上的，对不对？既然外人进不来，他也不可能出去，这就是个密室，密室里的东西，是不可能凭空消失也不可能凭空多出来的，所以，证明完毕，我是范进。"

小曼皱着眉头听我啰唆了半天，似乎有些哑口无言。

"但是吧……会不会是你敲门进来，把他杀了，然后把他藏在衣柜里面，再假装成他呢？"

"你看柯南看多了吧，我这么做的目的是什么啊，我吃饱了撑的杀了人不跑，还要穿成这样在他家里晃荡，然后接你电话等你到家里来破案吗？而且你有证据吗，我的杀人动机呢，毛利小五曼？"我很不屑地抠了抠脚指头，说道。

"这么说倒也是……好啦，我相信你了。"

"你看吧，逻辑拯救世界，我证明了我是我，哈哈！"

"不是，倒不是因为你的逻辑说服了我，我相信你仅仅是因为你刚才抠脚的细节，世界上除了范进，真的没有第二个人会散发出连如此华丽的外表都无法掩盖的猥琐气质了。"

我跟小曼说了我这几天的经历，以及自己现在遇到的麻烦。她托着腮帮子想了半天，说她也不知道是怎么回事，但她觉得我应该去医院检查检查，看看身体内部构造到底有没有发生什么变化。

"去医院？你开玩笑，我身份证、医保卡什么的都用不了，而且你让我怎么和医生说啊？"

"就说你一觉醒来，小丁丁远走高飞了呗。"小曼笑道。

"你以为是《丁丁历险记》吗，医生会相信我才怪咧。"

"那就别看病，去做个体检嘛。"

"别，我害怕。"

"怕你妹啊，万一是什么罕见的病呢？"

"我就怕被检查出是什么罕见的病，被科学家当成实验品就惨了，什么活体解剖做成标本，想想都可怕，而且万一出名了怎么办，我不被人笑死？我爸妈知道了这事儿也接受不了啊，好端端一个儿子，养这么大，咋就变成闺女了呢？"

"倒也是……对哦，你爸妈那边怎么办啊？"

"先瞒着呗，让他们接受我估计有点难度，只要他们没发现就没事，说不定哪天就变回来了呢。"

小曼盯着我看了半天，忽然就笑了起来，一直笑到眼泪都出来了才止住，留下我在一旁默默地看着她。

"你笑啥啊，有啥可笑的？"

"你知道不，我还是有点难以接受，我做梦都没想到你这家伙竟然有一天会用这样的声音和语气和我说话，我的价值观都要崩塌了。天哪，范进，你究竟是造了什么孽啊，哈哈哈……"

然后她就又笑抽了过去，搞得我都有些尴尬了。

"别，你还是帮我想想办法吧，我接下去要怎么活啊，这日子没法过了。"

小曼擦了擦眼泪，说道："是啊，你还得回去上课呢，你啥时候开学啊？"

"甭提了，下个月十二号，不到一个月时间。"

"你回去上课这不太实际，样子都变了，没人认识你。"

"我也是这么想的啊，可是不回去上课吧，我直接退学了吗，我考个大学容易吗我？"

"这个问题我们再想想办法，我觉得你先去买点衣服才是真的，你这走光走得也太厉害了。"小曼指了指我的胸部。

"你先借我几件内衣穿呗……"一说出口，我的脸当时就红了，妈呀，简直太羞耻了，没想到我活了二十几岁，如今竟然也会跟女生说出这样奇怪的话来。

"穿不了，目测咱俩罩杯都不一样，胸围就更别提了。"

"罩杯？啥意思，这怎么看出来，和胸围的差别是什么？"

小曼像看怪物一样看了我一眼，说道："你竟然连这都不知道？"

"我怎么会知道，我又不是女的……至少曾经不是。"

"现在是了，就好好学着点，有什么不懂的就尽量问我，不然你以后怎么混啊。"

我幽幽地叹了口气，心想这下可得从头学起了，虽然我学东西一向很快，但没想到这次竟然是学着怎么做一个女人。

第二天一大早，小曼就敲开了我家的门，由于我所有的衣服都是男生的，并且已经完全不合身了，所以我们约好这天她带我出去买几件衣服。

"喏，这是我的衣服，先借你穿了好出门。"她递给我一只袋子。

我翻了一下，是一件连衣裙、一双鞋子，还有一件内衣。

"我说小曼，你给我带条牛仔裤加件 T 恤不就完了？忽然给我整一条裙子出来，我曾经作为男人的那点自尊心还真接受不了。"我有些尴尬地对她说道。

"你个子比我高，紧身的衣服、裤子你根本就穿不了，也就这件宽松的连衣裙你可以穿，而且你能不能别还那么直男审美，整天就知道牛仔裤、T 恤的。"

我歪着脑袋想了一下，觉得很委屈，对于一个男生来说，夏天除了 T 恤和衬衫之外，似乎真的没有其他什么衣服可以穿了。

"那这个……"我用两根手指小心翼翼地夹起那件内衣。

"噢，这是我妈的，我偷出来先借给你穿，我平胸，我的内衣你也穿不了，我目测了一下，你应该是75C左右，你先拿它凑合着，一会儿去商场帮你挑几件合身的。"

于是，我只好黑着脸拎着这件标准的肉色中年妇女款内衣进了房间，把它摆在床上，然后表情僵硬地叉着腰盯着它陷入了沉思。

也就是在这一瞬间，我莫名地感到一股抗拒感，还伴随着一种强烈的自我厌恶，让我喉咙里一阵阵地恶心。这像极了更换器官后的排异反应，不过我的处境显然更加糟糕一些，毕竟我可是连整个身体都被更换了。

缓了一会儿，我还是决定把它穿上，但是把两条肩带搭上肩膀后，背后的钩子要如何扣上却让我犯了难。

"咋弄这么久啊，不就是穿个衣服吗？"过了十分钟，小曼有些不耐烦地推门进来，说道。

"那个……这要怎么扣啊？"我背过身去，拿手指了指后背，问小曼。

"把手背到后面，一扣就扣上啦……哎呀，不对不对，你咋这么笨啊……"急性子的小曼走过来，直接把我摁倒在床上，然后七手八脚地帮我扣上了，而我则像被非礼了一般趴在那里鬼哭狼嚎的。

"谁都有第一次嘛，这个我是真没穿过。"穿好后，我爬起来哭丧着脸解释道。

"不可能，你小时候难道没有偷穿过妈妈的内衣？"

"滚你大爷啊，你以为每个男生小时候都是变态吗？"

"那你没吃过猪肉，总见过猪跑啊，你难道没见过别人怎么穿吗？而且就算没穿过，总该帮人解过啊？"

"我什么时候……"

"噢，对对对，忘了你是处男，原谅你，原谅你。"小曼拍了拍我的肩膀表示安慰。

不过，穿上这件并不太合身的内衣后，莫名觉得舒服了很多，两个馒头被恰到好处地装进了袋子里，不再晃来晃去，这种微妙的安心如同把一根火腿、两个鸡蛋收进裤裆时的感觉，只可惜现在已经体会不到了。

穿戴好衣服且梳妆打扮完毕，小曼拉着我的手就上了街。

这是我第一次以这个女人的身体出门，一股难以名状的别扭依旧遍及我的全身，如果用一句话来形容这感觉，就好比穿着衣服裸奔。

而且小曼给我的这双凉鞋，也让我举步维艰，虽说不是高跟鞋，但离地也有五六厘米，对我这种常年运动鞋出门的人来说，每一步都和踩高跷似的惊心动魄，生怕一不小心踩空就把脚给崴了。

但小曼看起来开心得要命，她告诉我，没想到自己平白无故就多了这么一个可以一起手拉手逛街的闺密。

"但你失去了一个很好的男性朋友啊。"

"哈？我真的一点都不觉得可惜，男性朋友……应该说是直男朋友，真的是这个世界上最没有用的东西了，兴趣爱好不同，玩不到一块儿去，思维方式不同，不能帮忙解决问题，而且还不能睡。"她非常鄙夷地说道。

"讲道理，如果不是因为性欲，我觉得大部分男生也宁愿只和男生一起玩。"我也不甘示弱道。

"所以，我们两个为什么能做这么久的朋友？"

"大概是因为……互相嫌弃却又惺惺相惜吧，就像一对绕彼此旋转的双子星，需要这种恰到好处的距离，相惜好比引力，保证了能够留对方在身边，嫌弃好比斥力，确保彼此不会过于靠近而相撞。"

"你嫌弃我什么？"小曼扭头问我道。

"胸小，还凶。"

"你活腻歪了啊？"小曼伸手就要揪我的耳朵。

"你看看，你看看，我说得没错吧？"我边闪躲边喊道，差点一个趔趄撞到旁边的电线杆。

"范进，你知道我嫌弃你什么吗？情商太低！你没有女朋友真的跟你的脸没有一点关系。"

"有什么所谓，反正现在我已经不需要什么女朋友了，我自己他妈的就是个女的！"我愤怒地嘶吼道。

我们俩就这样一路互相损着对方，不知不觉，太阳已经渐渐爬高。

　　现在正是一年之中最热的时节，虽然还没到中午，马路上的气温已经高到有些令人不适了。原本作为男生，夏天穿一件 T 恤走在路上真是两袖清风，然而现在穿着这该死的内衣愣是把我勒出了一身汗，两个馒头被包裹在里头更是有种快要蒸熟的感觉。我心想，做女人还真是不容易啊，此刻真有种把内衣一脱，用力甩到天上，然后高喊着"妇女解放"在街头狂奔的冲动。

　　到了商场后，已经意识模糊的我仿佛瞬间得到了救赎，可还没等我扶着墙喘口气，旁边原本都已经蔫儿了的小曼被冷气一吹，像是打了鸡血一般拉着我就要往店里钻，我则像个卷入酒驾司机车底的无辜行人，被拖行着在光滑的地上摩擦。

　　见小曼要把我往一家店里拖，我抬头看了一眼牌子，连忙吓得扒着门阻止她："徐小曼，你别忘了我是英语系的，这 Valentino 我可读得懂，每个字母都锋利得像割破钱包的刀片，话说我可是刚变成女人没多久，作为一个入门级玩家，你给我搞这种高级装备好像有点奢侈吧。"

　　"哟，没想到你还挺精的，作为直男居然还知道 Valentino。"

　　"这不废话吗，我爸妈都在国外，我好歹也受过点这方面的普及，而且我真想买，以后找他们代购不行吗？国内这些店里每一张标签上都写满了吃人价。"

　　"放心，我不是带你来买的，我自己想看看。"

"说得好像你买得起一样。"

"买不起就不能看看吗，你以为女人逛街就只是为了买衣服而已？"

"可是你今天不是说好带我来买衣服吗？"

"你急什么，我们有一整天的时间，还不够你买几件衣服？"

"不好意思，我以前逛街买衣服都不会超过一个小时。"

"这就是我给你上的第一课：学着像个女人一样逛街，懂吗？you watch，and learn！"小曼指着我的鼻子一字一顿地说道。

拗不过小曼，我只好陪着她在商场一楼一家接着一家地逛奢侈品店。话说所有大型商场的一楼几乎无一例外都是奢侈品牌，这种布局里究竟隐藏着什么原理，我至今也无法参透，而另一件令我这个直男无法领悟的事情是，为什么会有人甘愿花钱买这些标签上不数零都不知道几位数的衣服，而且这些衣服看起来似乎也没用几块布嘛。

在被各种数字吓出一身冷汗后，小曼和我终于上了商场的二楼，她拍了拍我的肩膀，说："你要的新手区到了，咱先去ZARA看看。"

于是，下午的余下时间里，我经受了这辈子最大的一次从肉体到精神的双重折磨，除了买衣服、裤子、鞋子、内衣，不停地跑更衣间，出来接受徐小曼的点评与检阅，还要被强制普及很多我根本听不懂的东西。

比如小曼告诉我，"你一定要学着怎么搭衣服，我们今天买了这么多衣服，不是随随便便就可以穿出门的"，"你知道为什么这条裙子不能配这个鞋子吗？因为风格不同。你知道风格是什么意思吧，就是到底是学院、淑女还是韩式"，等等。

然后我一脸茫然地摇头，像极了当年被数学老师喊起来回答问题时的情景。

"还有，我问你，这个叫作什么颜色？"小曼指着一件衣服问我道。

"屎……屎黄色？"

"这叫驼色！"

"坨色？还是一坨屎的颜色嘛，有什么区别？"

"你这种学习态度真的让我很失望。"徐小曼说这句话时简直就像我数学老师的灵魂附体了。

我心想，你跟一个直男讲这些完全就是对牛弹琴啊。我平时穿衣服哪有这些讲究，而且在我眼里，女生的衣服一共就只有两种风格：露的和不露的。

更要命的是，在买了几件衣服之后，小曼忽然提出，我应该买个包。

"买包？为什么要买包？"我两眼空洞地望着她道。

"作为女人，没有包包的人生怎么完整？"

"哈？那买来装什么啊？"

"装手机、钱包、钥匙之类的啊，你穿条裙子上街，这些东西放在哪儿？"

"好吧。"

"而且，除了装这些以外，最重要的是……"

"装腔作势？"

"看来你还是有点天赋的。"小曼拍了拍我的肩膀道。

然后小曼就在那里给我普及了很久包包对于女人的重要性的问题，大意是，作为一个女人，上街不拿个包，就和没穿衣服没什么区别。

然而，在她跟我不厌其烦地说这些东西的时候，我渐渐开始发现，这其实就是一个无底洞，因为如果要买包包，按照刚才的逻辑，岂不是还要买好几个包包来搭配不同的衣服？既然包包都买了，那头发做不做啊，化妆品买不买啊，这要再给我上一堂口红的分类、眼线的描法、卸妆的顺序课，我到底还活不活啦？

于是我告诉徐小曼，一口吃不成胖子，一天做不成女人，她得先让我把当天学到的东西消化消化。想当年，我一度觉得数学是我这辈子学过的最难的一个学科，但如果现在有一个机会让我变回男儿身，我甚至愿意以转到数学系为条件作为交换。

噢，我的上帝啊，您给了我一个女人的身体，怎么不顺便给我配个使用说明书啊？

晚上拎着大包小包回到家后，第一件事就是把内衣脱了，甩出三米多远，随后我直接就瘫软在床上，感觉像被掏空了身体。

这天买了不知多少成套的"女人配件"，几乎把我的卡刷爆了，我心疼之余更多的是担忧，心想这下不知道该怎么跟我妈解释了，搞不好一不小心就暴露自己现在的状况。

　　洗了个澡躺在床上，我忽然想起了一个非常严重的问题，那就是我的性取向。按说我现在身体变成了女人，那我岂不应该会喜欢上男人？可是我的内心是个直男，喜欢男人是我无法接受的一件事情，但我如果依然喜欢女人，算不算同性恋呢？

　　我觉着这是个很重大的问题，需要用实践检验一下。我爬起来，把电脑打开，找了一部成人动作片看了一会儿，然后惊奇地发现自己竟然完全没有性欲了，无论是对男人还是对女人。

　　我本来很想撸一把试试，但很可惜的是我的工具已然被上帝没收了，现在是个女人的结构，我不太懂得怎么操作，更不想用手碰，于是想想还是罢了。

　　总之，我琢磨着自己从今往后估计得另起炉灶了，世界上有异性恋，有同性恋，还有双性恋，那么我将成为独立于他们之外的存在，那就是"无性恋"。

　　第二天一觉醒来，我坐在床上一边玩自己的头发一边胡思乱想，我很怀疑这倒霉催的状况会不会是我跟哪个美女灵魂互换了，我现在只不过是自我意识驻扎到了另外一个人的身体里，如此说来，这个世界上肯定有一个女人变成了我，一觉醒来从美女变成了猥琐男，啧啧，这该是多么悲剧的一件事情啊。

　　我时常觉得，把东西借给别人用，是非常不放心的一件事情，更何况是把自己的身体借给别人用，万一用坏了呢，对不对？况且如果那个女生无法接受自己变成男人的事实，而且是个如此粗糙的残次品，她咬舌自尽了，那我的身体估计这辈子都要不回来了。

这么一想，我顿时惊出了一身冷汗，觉得自己应该上网发个帖子求助，让网友们赶紧找到那名不幸的女子，我们俩交涉一下，寻求一下解决的办法，一方面是为了挽救一个年轻的灵魂，另一方面则是为了拯救我脆弱而可爱的肉体。但转念一想，这终归只是个假设而已，万一这根本就是我一个人的斗争，那我真的要出名了，而且这个假设最大的漏洞在于：如果仅仅是灵魂互换，那我一觉醒来应该发现自己在一个陌生的地方才对，嗯，绝对是这样的。

如此看来，这估计还是某根肋骨出了问题。

下午小曼来我家的时候，我很得意地把自己的推论告诉了她。

"我管你什么肋骨不肋骨的，你们这些直男就是脑子进水，成天就知道逻辑逻辑的，天塌下来的时候还在想天为什么会塌下来，不知道跑。"

"我不搞清楚事情的来龙去脉，怎么解决问题啊？"我觉得很委屈，虽然我现在不是男人了，但依然残存作为男人的尊严。

"你现在最紧迫的问题是接下来怎么生活，你别忘了，你马上就要开学了。"

"你不会让我回去上课吧？"

"那你至少把休学手续办了吧，先缓它一年，随机应变，等哪天变回来再回去上课。"

"但是休学总该有个理由吧，而且我在家里怎么办手续？"

"你就说你生病了嘛，禽流感、口蹄疫、艾滋病什么的，去医院开个单子总有办法，至于具体流程，我不知道你们学校是怎么弄的，我们学校貌似只要交个申请表格，等上面批下来了就可以了。"

"那我岂不是得自己回去交申请啊？"

"不然呢，你难道让我替你去交啊？你又不是出不了门，能跑能跳的，反正也没人认得你，你怕啥，你还可以借此说你是范进的朋友，他生病在床，你替他来交申请什么的，动动脑筋啊年轻人。"

"唉，既然都费那么大劲跑回去了，还不如直接去上课。"

说这话的时候，我的脑子里忽然闪过一个非常疯狂的念头，我觉得小曼说得对，既然没有人知道我是谁了，那我完全可以换一个身份生活。

"小曼，我觉得我还是回去上课吧。"

"你疯啦？"

"不是，总在家里待着也不是办法，一方面实在是太无聊了，另外我大四还要考专业八级呢，功课落下了以后就没法补了。"

小曼白了我一眼说："你什么时候担心过功课的事情了？"

"那你准备以什么身份、用什么形式回去上课？"

"喏，我给你说说我的计划，首先还是像你刚刚说的，先把休学手续办了，然后我假装成其他学校的交流生，晚上住在女生寝室里，白天每天跟以前的班级一起上课。"

"啊，这真的行得通吗，你不怕露馅啊，而且女生寝室哪里会有空床位给你睡？"

"我觉得不会，反正我已经休学了，不用选课，也不用考试，让老师给成绩，我安安静静地在教室后面蹭课，不惹麻烦，谁会吃饱了撑得去调查你究竟是不是交流生啊？至于宿舍的事情，我记得我们班一个女生下学期出国做交流生，我可以睡她那里，她舍友肯定会以为这是学校安排的，哈哈。"

"你胆子可真够大的啊，不过乍听起来貌似行得通，毕竟如果是我，我肯定也不会平白无故地去质疑一个交流生的身份。"

"其实说良心话，我觉得这样蛮刺激的，有一种当双面间谍的感觉，没人认识我，我却认识所有人。"

"你这是玩上瘾了吧，小心玩火自焚啊你，话说你准备给自己起一个什么名字啊，你总不能还叫范进吧？"

我一拍脑门，自己果然把这事儿给忘了，自己既然要换身份，肯定也得换个名字。

"我没想好，不如你给我起一个？"

"嗯……范冰冰？"

"你是怕我回去不够引人注目是吧？"我差点笑出了声。

"范这个姓本来就不好起名字的。"

"我觉得，首先我就不能姓范，这姓本来就不是什么大姓，走了个范进，又来了个范某某的，这太容易引人联想了。"

"那你跟我姓吧，姓徐。"

"凭什么啊，我才不要跟你姓，这是要入赘吗，我宁可姓许。"

"那就叫许曼妮吧。"

"曼妮……这名字有什么特别含义吗？"

"没什么含义，我脑海里忽然闪过的，叫起来顺口，听起来洋气。"

"我咋觉得听起来这么绿茶呢？"

"那你叫许春花好了，纯朴得很。"

"好好好，许曼妮就许曼妮。"

总之，我只能哭笑不得地接受这么一个设定，真可谓，一变曼妮路漫漫，从此范进是路人。

Chapter Two

第二章

∽∽∽

　　我要使你和女人彼此为仇。

　　接下来的日子里，除了接受徐小曼的魔鬼特训，我一直都在为自己重返学校做准备。

　　其实，对现在的我而言，女人当得合格不合格倒不是什么头等大事，大不了我可以当个女汉子嘛，但是新身份的问题解决不了，在外面必然寸步难行。

　　首先，回去以后原来的手机号肯定不能再用了，只能去买个新卡，还得顺带申请个新微信号，为此我还特意向徐小曼借了她的旧手机来用，两部手机分别用于我的两个身份。

　　其次，我得用曾经的微信给舍友们发信息，说自己生病了要休息一年，并在朋友圈制造一些关于自己病情的假象，然而除了寥寥几个慰问我的人，似乎并没有多少人在意我的死活，不过自己的存在感低也不是一天两天了，对此我也没怎么放在心上。

　　在徐小曼托关系帮我弄到医院的证明之后，就是考虑自己回学校的方式了。既然身份证用不了了，那就意味着飞机和火车都没法坐了，只能坐大巴回去，还好学校离家不算太远，也就十几个小时的路程吧。

一切都准备停当后，小曼很认真地问我道："你真的确定要这么做吗？"

"放心啦，有什么大不了的？"

"我还是觉得你这是在玩火，女人的世界可不像你们男人的这么单纯，尤其你们这外文学院，女生这么多，忽然多了一个这么显眼的交流生，我总感觉你根本没法在里头平安无事地混下去。"

"这是大学校园，又不是皇帝的后宫，哪有你说的那么可怕。"我鄙夷地看了她一眼道。

"喏，你既然铁了心要回去，那我说什么也没用，你自己慢慢去体会吧，总之，给你点忠告，无论当许曼妮当得多开心，你别忘了你始终是范进，这毕竟不是你真实的身份，也不知到底能维持多久，你老老实实的，别惹出什么岔子，不然会有大麻烦的，有什么问题，记得随时打电话问我。"

"嗯啊，儿臣知道了，母后还有什么吩咐的吗？"

"没了……哦，对了，长得这么好看，在外面注意人身安全啊，别吃陌生怪叔叔给的糖哟。"她过来抓了我的屁股一下，然后冲我狡黠地眨了眨眼睛。

几天后，当我再一次拖着行李站在学校的大门口时，一切都是这么熟悉，但是心情又是如此陌生。

十多个小时的大巴之旅加上天气的炎热，让我有些头昏脑涨，但是出于一种未知的恐惧，我不得不绷紧神经把自己该做的事情做完。去学院交休学申请，去女生宿舍的楼管那里借钥匙，该说什么该用什么表情都是我事先练习过的，尽管我一次次地想过退缩，不过好在过程算是挺顺利的，我发现美貌有时候还真是个资本，至少在跟人打交道的时候，大家对你的态度往往都还是很不错的。

直到坐在寝室里的时候，我才缓了一口气，由于离开学还有几天，宿舍里另外三个女生似乎都还没来。我把自己的东西摆在出国交流的那个女生的位置上时，无意发现她的校园卡摆在桌面上，应该是她留在这里的。我暗喜，这真是天助我也，倒不是我想刷她卡里的钱，而是我可以用它来刷女生宿舍的园区大门了，不然原来范进的卡只能用来吃饭，以后进园区还得等别人来刷，如此一来真是解了我一个心头大患。

正当我喜滋滋地抱着卡在那儿乐的时候，门忽然开了，进来了一个女生。

她是我们班的学习委员，名叫张雯，是一个低调的学霸，成绩很好，虽然同班了两年，但我和她没有说过几句话。

她推开门之后看到我，显然是吓了一跳，直勾勾地瞪着我看，我腾地从椅子上站起来，也一动不动地盯着她。我感觉自己的脑门不停地冒冷汗，毕竟被一个认识的人用这样的眼神盯着真的是一件非常不舒服的事情，我甚至隐隐地觉得她马上要透过我的皮囊认出我的真身来了。

"那个……你好，我是……新来的……交……交流生。"沉默了一会儿，我紧张地咽了一下口水，磕磕绊绊地说道。

"交流生？"她推了一下眼镜，一脸的诧异，"貌似我没有听说我们寝室要住交流生啊。"

"啊，是这样的，我也是听学校的安排的，这里是203吧，他们告诉我这里有一个女生出国交流了，有空余的床位，所以我就过来了，给你们添麻烦了，真是不好意思。"我赶忙把背好的台词说了一遍，然后露出抱歉的笑。

"嗯，原来是这样，没关系啦，反正空着也是空着，以后大家都是舍友了，多多包涵。"她轻松地一笑，看起来应该是相信了。

"我叫许曼妮，很高兴认识你。"

"我叫张雯，你可以叫我雯雯。"

之后，她自顾自地忙去了，我才算是长舒了一口气，其实我事先知道张雯和出国那个女生是一个寝室的，宿舍的另外两个女生我也知道，一个是何艾，另一个是柳小絮。

何艾是我们班的班长兼团支书，一个性格开朗直爽的东北妹子，大嗓门，做事很认真，甚至到了有些较真的地步。之前我对她算是又敬又怕，因为她凶起来还是很有震慑力的，男生们私底下都叫她"东北扛把子""英语系一姐"等，想到要跟她一个寝室我还是有点两腿打战。

而柳小絮，说来有些不太好意思，她是我曾经喜欢的姑娘，长得很漂亮又有才华，家里也有钱有背景，是标准的所谓"白富美"。但性格孤傲的她给人感觉实在是太可望而不可即了，据说很多帅气或有钱的男生对她苦苦追求都未见成效，我这状况就更别指望了，因此后来就只能默默地遥望着她，看她戳在那个高高的神坛之上，没想到这次居然能有机会跟她在一个寝室生活，想想真觉得有些不真实。

不过我谈不上多期待，毕竟我现在对女人都丧失兴趣了，这些旧事无关痛痒，我更多的是担心，不知道如何跟这俩性格都如此强势的姑娘相处。本来作为男生，我从小就没太和除了徐小曼之外的女生有过什么交集，现在不知死活地住进了女生宿舍，总感觉今后的每一天都将是一场艰苦的战役。

当我一边胡思乱想一边把行李都归置完毕之后，我才发现自己既没有热水瓶也没有台灯，大部分生活用品都得重新买，就连上课的课本都没有。正当我叹了口气，准备下楼去超市的时候，忽然瞄到了自己的校园卡，我转念一想，与其花这个冤枉钱，不如刷卡潜入男生宿舍，把自己以前的东西拿过来用。

男生宿舍的格局，是和女生宿舍不同的。

这说法像极了《孔乙己》开篇的第一句话，我默默地想，既然读书人窃书算不得偷，那我拿自己的东西当然就更算不得偷了，如此安慰自己，我的胆子顿时肥了不少。

其实男生宿舍向来比女生宿舍要好进得多，记得自己以前要进女生宿舍帮忙搬东西，那门卫犀利的目光仿佛穿透了我的灵魂，她似乎已然嗅出了我天灵盖上喷涌而出的雄性激素，并洞悉了我潜意识里所有的蠢蠢欲动。总之，我感觉她不仅扣押了我的校园卡，甚至想连我裤裆里的作案工具都一并扣押下来。

和女生宿舍那种戒备森严堪比银行金库的安保系统相比，男生宿舍的大门则更像狮虎山的铁栅栏，它不是为了防止你进去的，而是怕里面的什么东西跑出来伤了你。

如果女生想进男生宿舍，门卫大叔只会一边下棋一边抬眼望一望你，一副"你确定要深入狼穴吗"的表情，然后不痛不痒地说一句"同学登记一下呗"，就自顾自地接着"马七进八""炮二平五"了。即使是男生把女朋友带回宿舍来干点见不得人的事情，门卫大叔也会睁一只眼闭一只眼，有时还会露出些许羡慕的神色，好像在说"年轻真好""叔也曾经二十岁过"之类的话。

所以我丝毫不担心自己进不去，我更担心的是如何不被我的舍友们逮个正着，一方面我进去拿东西容易被当成小偷，另一方面我以后还得和他们一起上课，作为一名靠谱的交流生，可不能在这个时候出现在这个地方。

说到我的室友，原本一共有四个人，但其中一哥们儿大一时就搬到学校外自己住了，所以平时都只有我们三个人在宿舍，我现在觉得很慌的是，完全不知道另外那俩这段时间究竟回学校了没有。

于是，吃晚饭的时间，我拿着宿舍钥匙在楼下蹲点守候了半天，踮着脚一直往自己宿舍的方向看，不知道的还以为我在等自己男朋友吃饭。确定宿舍没人之后，我刷开大门直接就往上走，门卫大叔拦都没拦着，我暗自庆幸自己运气好，不然还真想不到什么好借口。

走到自己宿舍门前，我左顾右盼了一阵。见没有人，我慌忙掏出钥匙开了门进去，回身把门关上，所有动作一气呵成，像极了专业的小偷。靠在门上喘气的时候，我的心依然还紧张得怦怦直跳，心想，自己从来没有进自己的宿舍这么心惊胆战过，搞得跟谍战片似的，仿佛女特工潜入敌方大楼窃取机密资料。

我顺手把灯打开，转念一想又把灯关了，然后一拍脑门想起居然忘带手电筒了，不禁暗骂自己太不专业。掏出手机来照了一圈，确定寝室里没人在睡觉之后，我才放心地在自己的床位寻觅搜刮所有可以带走的生活用品。

台灯，饭盒，热水壶，剪刀，晾衣架，牙杯，插座，专业课课本……我从衣柜里掏出了一个行李袋，把除了热水壶之外的这些东西通通装进里面，提了一下感觉还真有点沉，变成女人之后，力气也小了不少，这些东西待会儿提下去估计还真有点难度。

收完东西，热出了一身汗，我打开空调坐在椅子上想歇一会儿，怎料此时门外却传来了开门的声音。

我心里一惊，慌忙把行李袋推到了桌子底下，然后打开自己的衣柜钻了进去，我们的衣柜还算比较大，正好装得下一个人。

我躲在里面捏着鼻子大气都不敢出一口,竖起耳朵听外面的动静。

只听见开门进来的似乎是两个人,好像还是一男一女,我听声音判断应该是高子恒和他女朋友。高子恒是睡我对床的舍友,我们俩平时关系还算挺铁的,经常一起打游戏,上课、吃饭也都一起,他是我们学院少有的几个长得不错的直男,很讨姑娘喜欢,不过他和女朋友谈了很多年,两个人从高中一直考到同一所大学。

他们俩一边聊着天一边打开了灯,然后似乎就站在那里不说话了。我心想,这下糟糕了,估计他发现我桌子上的东西少了。

"奇怪,我出门的时候忘记关空调了吗?"是高子恒抱怨的声音。

我长舒一口气,还好他眼拙,没发现什么异样。

然后我就听他们俩聊起我来了。

"对了,睡你对床的这哥们儿怎么样了?"他女朋友问道。

"范进啊,不知道呢,就说他生病了,要休学一年,然后就没音信了。我说要去看看他吧,他也不让,不知道到底是真的生病,还是在搞什么不可告人的阴谋。"高子恒有些鄙夷地说道。

听到这里,我不禁出了点冷汗,心想,哥们儿总归还是哥们儿啊,这种谎言果然还是很难骗倒他。

"所以现在宿舍里就只有你一个人咯?"高子恒女朋友接着问道。

"对啊,还有一个不到开学最后一天绝不回学校的,不然我怎么敢带你回来呢,对不对?"

然后他们俩就嘻嘻哈哈地调笑起来，我隔着衣柜都能闻到一股恋爱的酸臭味。

正当我寻思一会儿怎么全身而退的时候，忽然听见高子恒似乎把什么东西放在了我的衣柜门边，我暗叫不好，因为从落地的声音质感推断，那铁定是我的热水壶，肯定是刚才我把水壶放在了过道上，他怕绊着脚，给我挪到衣柜这儿来了。

我绝望地抹了一下脸，心想这下真是出师未捷身先死啊，难不成我就这样被闷死在自己的衣柜里了吗？幸好屋里开着空调，透着衣柜的缝还能给我点凉气，但是看这个架势，难不成他女朋友今晚要在这儿过夜了吗？要等他们俩睡了，我再出去，我不得在里头待五六个小时？

但着急也没有任何用处，无奈之中我只能掏出手机玩起了斗地主，不知不觉一个小时就这么过去了。我琢磨着，自从七岁之后，自己就再也没有在衣柜里躲过这么长时间。当时自己因为贪玩躲在衣柜里面睡着了，我妈东找西找找不着我差点就报警了，我钻出来之后被她一阵好打啊，那真叫一个惨烈，我家里鸡毛掸子的毛都要被打光了。

玩着玩着，我忽然发现寝室的灯被关了。我心里暗喜，他们俩可能是准备出门了，我竖起耳朵耐心等关门的声音，却迟迟没有听到，反而传来了一些不太自然的声响。

随后，我脑海里一道闪电划过，这两个畜生该不会在宿舍里……

　　之后的事情我不知道有没有人经历过，反正这应该是我这辈子最不愿提起的半个小时，我关在衣柜里闷得透不过气，外头两个人却在那儿翻云覆雨，发出各种奇怪的叫声，我有点想笑，又有点想哭，但我绝不能发出任何动静，只能默默听着实况直播，然后咬着自己的拳头，几乎要把它整个塞进嘴里了。

　　我想到一个词叫"性窒息"，只不过性是他们俩负责的，我负责窒息。

　　过了一会儿，只听高子恒说："你到桌子上去吧。"

　　"你桌子上的东西太多了。"他女朋友娇羞的声音。

　　"去范进的桌子吧，他桌子上干净。"

　　听罢，我把拳头从嘴里拿出来，对着空气狠狠地挥舞了一下，心想，你大爷的高子恒，我当你是哥们儿，你为了搞女人弄脏我桌子，这在道上是很没规矩的，你知道吗？然后我经历了我人生中更加绝望的十分钟，衣柜伴随着桌子一起有节奏地晃动，我在里面晃得都快吐了，却只能默默地忍受，期待能够重见光明的那一刻，仿佛是个躲在船舱底部的偷渡客。

　　有那么一瞬间，我都想不当这该死的交流生了，索性冲出衣柜把高子恒暴打一顿，然后逃回老家。不过最终我还是忍住了，毕竟"出柜"永远都不是那么简单的事情。

　　最后随着衣柜边上热水壶倒地与破碎声，这场漫长的五级地震才算结束。

　　"哎呀，不小心把他的热水壶打碎了。"高子恒的女朋友说道。

"没事没事，反正他一年都不回来，到时候给他买个新的就是了。"高子恒显得很无所谓。

也就是在这样一个时刻，我心生一计，下决心要狠狠摆高子恒一道，也是为了自己能尽快有机会从寝室里逃出去。

我趁高子恒收拾地面的时候，拿出新手机给他发了个信息："宝贝，我想你了，你最近怎么都不理我了，你怎么还不和你女朋友分手呢？"

过了几分钟，他丢完碎掉的热水壶回来，随即传来了一记响亮的耳光声。

"高子恒，你他妈的浑蛋！"这是他女朋友的嘶吼声。我估计，他出去的时候，她应该是看过他手机了。

"咋了，亲爱的？"高子恒颤着声问道。

"你给我解释解释这到底是怎么回事？"

随后两人便争执起来，吵了几句之后，我听见高子恒的女朋友夺门而出，他也急忙跟了出去。

此时不溜更待何时啊？等他们俩走远，我从衣柜里钻出来，提起行李袋，出门后跑得脚底生风。因为怕撞见高子恒，我特意从另一边楼梯下去，沿途引起了诸多宅男的瞩目。跑到宿舍大门口时，我却被门卫大叔拦住了，他问我行李袋里装的是什么东西。

"那个……我帮男朋友拿东西呢。"我冲他笑笑道。

"噢？"他一脸怀疑的表情。我心想，这下坏了，要穿帮了。

"拿东西怎么拿了这么久，还一身的汗？"他露出了一脸坏笑。

我尴尬地"呵呵呵"了半天，暗想，好吧，这回应该算被调戏了吧，作为女人的第一次呢，值得纪念。

我愤愤地在登记本子上写下了"范进"两个字，写"进"字最后一笔的时候都快把纸划破了，然后带着满腔的怨念推门走了。

一出门看到高子恒还在马路边低声下气地给女朋友解释呢，我心中的怨念顿时一扫而空，憋住笑，从他背后默默地走过，心里三分愧疚七分得意，转念一想自己热水壶摔碎了还得去买个新的，便只有六分得意。

把一大包东西拖回宿舍后，我瘫在椅子上长舒了一口气。

本以为此次抱着必死的决心深入敌后必将有去无回，没想到竟然有惊无险地全身而退，还使了一招漂亮的离间计，望着这包战利品，一股百万军中取上将首级的豪气顿时油然而生。

见宿舍没人在，我从包里掏出一包烟，熟练地点起一根。

话说自从变成了女人，还没有正儿八经抽过烟呢，这一抽不要紧，没想到竟然还有点呛。我琢磨着，这也太古怪了吧，难不成真的是从里到外全部格式化了，重装系统了吗？正想着，门忽然开了，透过袅袅烟雾，我隐约看到一双大眼睛，瞪若铜铃，那眼神像两盏探照灯一样冲我直射过来。

"啊，你他妈的敢在宿舍里抽烟，你这是找削呢！"

我一听是何艾的大嗓门，吓得手一抖，把烟落在了脚指头上，烫得我直接就仰面从椅子上摔出去了。

我之前说过，何艾是个耿直的东北妹子，作为我们的班长兼团支书，出了名地嗓门大，每次开班团会整个教室都聒噪得像在搞非法集会一样。这两年都没怎么和她说过几句话的我，万万没想到此时此刻竟会在此地与她正面交锋。

"对不起对不起……"我挣扎着从地上爬起来，匆匆忙忙往烟头的方向奔去，刚想伸手捡，烟头就被一只从天而降的大脚踩灭了，我趴在地上顺着小腿、大腿、腰部、胸部一路望上去，加上屋里烟雾还未散尽，脑袋里很合时宜地就浮现出去年夏天在泰山看险峰时的画面。

"唉妈呀，你谁啊，谁让你进来的啊，还他妈的在这儿抽烟？"何艾见我是个陌生面孔，露出了一脸疑惑的神情。

"我我我，许曼妮……交交交流生……"我直起身来，马上堆出满脸可爱的笑，把之前和张雯说过的台词又给她复述了一遍。

其实直到很久以后我才明白，作为女人，装可爱这种事情对于男生来说显然更加有效，在女人面前装可爱摆明了就是自寻死路。

何艾皱了皱眉，毫不避讳地露出一脸的厌恶，不过我很庆幸她没有接着问我些什么，而是指了指地板，让我把烟头丢出去，还做了个抹脖子的手势威胁说，以后再看到我在宿舍抽烟非把我削死不可。

由于忌惮何艾的淫威，我丢完烟头以后在厕所里蹲了很久都不敢回宿舍。

也就是在这个时刻，我开始有些怀疑自己回学校的决定是不是正确的，我从没想过女人的排他性这么强，就像磁铁的S极遇到了S极一样，但我觉得比起这比喻，我现在更像是遇到了霸凌。

我掏出手机给小曼打了个电话，她却对此表示不以为然。

"你才第一天就打退堂鼓啦？而且我觉得人家也不一定就是不欢迎你啦，毕竟我也很讨厌烟味的，你怎么能在人家寝室里抽烟啊？"

"就……习惯了啊，以前在寝室里抽烟，舍友都不管我的，话说为什么似乎抽烟的男人比女人多呢，难道是生理结构上的区别吗？"

"这我不知道，我只知道你们男生有时候抽烟真的太不分场合了，一个个大张旗鼓地在那儿吞云吐雾，好像怕别人看不见一样，讲点公共道德行不行？"

跟小曼有一搭没一搭地聊了半个小时后，我心情好了很多，刚大踏步地走到宿舍门口，就听见何艾在里面和张雯抱怨。

"那句话怎么说来着，抽烟、喝酒、说脏话还他妈的以为自己是好姑娘，最看不惯这种人了，只有姐才知道谁是真正的婊子。"

我很委屈地挠了一下墙壁，心想，人家刚才说话一直挺客气的嘛，明明是你一直在那里说脏话。

这是我在女生宿舍夹着小尾巴生存的第四天。

这些日子没少担惊受怕，张雯其实还蛮友好的，看到我总是会冲我客气地笑笑。作为一个标准的学霸，她生活规律得很，尽管还没开学，但她每天七点就起床去上自习，一直到晚上才回来，九点钟准时熄灯睡觉，而且睡眠质量不错，无论我怎么敲键盘，她都不会醒来。

而何艾那边，由于给她的第一印象太差，我感觉她削死我的心从来就没死过。走过我旁边时，她还会用脚踢踢我的椅子让我坐进去一点，别绊着她的脚。于是她一睡，我立马就只能跟着上床睡觉了，以免她突然把什么奇奇怪怪的东西扔到我的头上来。

不过好在我谨记小曼的教诲，谨慎低调，没有再惹出什么岔子，吃吃饭、洗洗澡、上上网、睡睡觉，日子也算过得相安无事。然而我很奇怪的是，第二天就开学了，我对床的柳小絮却一直都没有出现，好像根本就未曾存在过一样。我也不敢问她们是怎么回事，其实她不来，我还莫名觉得有些庆幸，本来一个何艾就够我应付的了，再来个柳小絮还真不知会怎么样。

至于高子恒那边，自从那天之后就一直不停地给我的新号码发信息，问我到底是谁，为什么要给他发这些奇怪的话。我本来想解释一下的，毕竟万一真破坏了他们俩的感情就做得太过分了，不过想来想去也不知道该怎么说，搞不好越描越黑，于是一咬牙一跺脚，索性把他给拉黑了，让他自求多福吧。

晚上张雯、何艾都不在寝室里，我一个人默默上网的时候，忽然手机响了，我拿起来一看，竟然是我妈要跟我视频。她说，好久没联系我了，最近给我发信息总是老半天才回，也没见我给她打电话，想看看儿子咋样了。

我心想，这不倒霉催的吗，本来打电话声音就对不上号，这下视频一开更没法解释了。我本想骗她说我摄像头坏了什么的，但我前些日子已经用过这招儿了，我妈精明得很，我老用这理由糊弄她早晚得被怀疑。

我转头看看身边的衣柜，心生一计，从柜子里拿了个棉帽子戴起来，把自己的头发藏了进去，又从抽屉里拿出个口罩戴着遮住半张脸，然后围起围巾倒了杯热水抱在手里才点开了视频。

我妈看见我时吓了一跳，说道："儿子，我没记错的话，现在北半球是夏天吧？"

我弱弱地"嗯"了一声，然后捏着嗓子道："妈，刚到学校就得了重感冒，舍友怕热开着空调，我觉得有点冷。"

"啊呀，你这孩子怎么这么不会照顾自己……啧啧，瞧你这感冒严重的，声音都变了，而且你最近怎么瘦了这么多？"

我哼哼唧唧地和她搭了半天茬儿，还故意很用力地咳了几声，但是我妈似乎依然没有放过我的意思，絮絮叨叨地数落了我半个小时，无非就是说我不注意身体、生活没规律什么的，还说应该找个女朋友照顾我才是。

我"呵呵呵"了几声，心里暗喊，上天快派法海来收了我妈吧，我在空调屋里都快要热中暑了啊。这围巾是我一个在海南读书的哥们儿寄给我的，真够保暖的，我感觉我的脖子都要捂出痱子了，不过话说回来，他在海南那地方到底从哪儿买来围巾的啊。

刚有点晕晕乎乎，猛然发现视频里我的背后多出了一个身影。我愣了几秒钟，回头看了一眼，赶紧回过头把视频掐了。

不知道什么时候柳小絮无声无息地回来了。

"小君啊，你不是去交流了吗？"她一边把东西从箱子里拿出来，一边问我道。

我没理她，因为这时候我的微信已经被我妈的信息给轰炸得满目疮痍了。

"儿子啊，视频怎么忽然断了？"

"你宿舍里怎么有个女的啊，女生可以进男生宿舍吗？"

"啊呀，你是不是有女朋友啦？"

"快说说她叫什么名字，是哪里人，家里是做什么的。"

"发个照片来给妈看看呗。"

…………

我无力一条条去跟她解释了，只好说刚才网络不好，所以断了，的确是我生病了，女朋友来宿舍照顾我。然后我把自己手机里以前拍的柳小絮发呆的照片挑几张给我妈发了过去，让她老人家细细品味，好空出点时间来处理一下自己身后的这个问题。

"小君啊，你怎么回事啊，大热天的穿得这么多，你刚从南极回来吗？"

"那个那个……我不是小君，初次见面，我叫许曼妮，是这个学期来交流的。"我起身对她尴尬地笑了笑，忽然想起自己的口罩没摘下来，于是把口罩摘了，又笑了一次。

她愣愣地盯着我看了足足半分钟，看得我全身的热汗都变成了冷汗，但她竟然没有再说些什么，也没问什么，而是"哦"了一声，又默默地低头收拾她的东西去了。

这样一来反而让我有些手足无措，我本以为她会跟我多说几句，做个自我介绍什么的，但是她这样把我当空气一般晾在了一边，这下我端着水杯傻不棱登戳在那里反而没台阶可下了，站也不是，坐也不是。

还好这时候何艾回来了，她推门看见柳小絮在，就不痛不痒地说了一句："哟，柳大小姐回来了啊，我可想死你了。"

"是啊，何大姑两个月不见，好像又瘦了嘛。"

"啊呀，又在耍贫嘴，我暑假可是胖了不少呢，这两周没吃晚饭才瘦了一点呢。"

"晚餐不吃怎么行，好歹吃点水果什么的嘛，不然半夜饿得慌。"

"哈哈哈，哪里有柳大小姐这样的口福啊，我晚上可是喝开水都会长肉呢。"

…………

听这两个女人怪腔怪调地在那里叽叽喳喳了半天，我无端觉得这对话听起来别扭得很。其实我早听说她们俩私下里不和，虽然是舍友，但暗地里互相看不惯，没想到竟然在一起住这么久，并可以如此寒暄，不得不说我真佩服女人之间的关系，要是男生之间互相不和，我觉得可能连一句多余的话也说不上，更不用说成天住在一起大眼瞪小眼了。

　　所以，我丝毫不怀疑古代那些嫔妃究竟是怎么在宫里相处的，无非就是"艾妃娘娘多日不见，模样依然俏丽非凡，虽假日冗长，体态却不见半点臃肿。""柳妃娘娘此言差矣，本宫自觉假日饮食过甚，体态甚为走样，遂不食晚膳。""若长期不食晚膳，定将有损于身，娘娘可食水果数个，便直至入寝也不觉得饥。""本宫哪有娘娘这样的福分哪，若能如娘娘这般俊俏，倒也不负了恩泽。"……虽然暗地里斗得跟什么似的，表面上却能礼貌不失得体，要是皇帝是女的，后宫里养了一群男人，那估计宫里可就是每天血肉横飞了。

　　我正在走神时，何艾路过我身边斜了我一眼，嘴里嘟哝了一句"神经病"，我这才回过神来，放下水杯，把围巾脱了，帽子摘了。

　　我抠了抠鼻子，心想，还好我不是穿越到了宫里，不然我肯定活不过第二天。

　　第二天早上八点上课，我七点半起床发现张雯早就不在了，何艾在试衣服，柳小絮在化妆。我琢磨着这俩事儿妈估计七点之前就起来弄了，弄到现在还没有弄完。我挠了挠头发，从她们身边路过，打了个哈欠，心想，女人还真是麻烦啊。虽然我现在也是女人，徐小曼也教了我不少，但我却依然没有找到这样的节奏和状态。

　　我洗脸刷牙，梳了梳头发，随便扒拉了件衣服穿上，拿起书就出门了，一看手机才过了十五分钟，走到教室刚刚好，还能去买个早餐。但仔细想想觉得第一天上课还是早点到比较好，而且这是系里的专业课，一方面不能迟到给老师留个坏印象，另一方面可以挑个后排的位置坐，不会太引人注目。

其实大学里上课的位置大致都是如此，越往后的座位越需要抢，最后到的一般只能坐在前排，在老师目光的爱抚下接受调教，不能走神、打瞌睡，还要随时做好回答问题的准备。

我脚步匆匆地到了教室，才发现自己还是到晚了。我往后一看，最后一排只有一个空位，旁边坐着的是高子恒，我当然不可能和这家伙坐在一块儿，毕竟我看到他还是心虚得很，只好硬着头皮往第一排走去。

然后我就看所有人的目光都聚集在我身上，然后底下一阵"哦哦"的骚动声。

这种被目光骚扰的感觉是我从来都没有体会过的，作为一个曾经一直存在感很低的人，我觉得自己迟到十分钟只穿一条红内裤一边翻跟头一边唱《最炫民族风》进教室都不会获得如此高强度的目光洗礼，于是我终于知道为什么柳小絮她们每天要在七点之前起床打扮了，此刻我隐隐觉得自己好像连眼屎都没有擦干净。

我刚坐好，我们的精读老师就进来了，他是一个年轻的博士，平时喜欢开开玩笑讲讲段子。他放下书，推了一下眼镜，然后扫视了一下全班，最后把视线落在了我身上，我心里暗叫不好。

"哎？新面孔噢，你是转系生？"

"啊，不不不……我是交流生。"

"哈，既然这样，用英语介绍一下自己吧。"

"呃呃呃……My name……"

"来来来，到讲台上说。"他用手指了一下讲台。

我身体紧绷着慢慢挪到了讲台上，然后用英语磕磕巴巴地说道："My name is XuManni, I'm an exchange student..."

事实上我的口语本来就不好，现在忽然让我把原本背好的那套东西马上翻译成英文，更是雪上加霜，我刚说了两句就觉得额头上冒汗，手也不安地摆来摆去。

"By the way, what's your English name?"老师忽然打断我的话。

英文名字？我心想，我起个中文名字就够费劲了，现在忽然问我英文名字。

我瞪着天花板想了半天，忽然想到自己一直想买的一款机械键盘，然后灵机一动，告诉他我叫"Cherry"。

"嗯……这个嘛，其实我不太建议你用这个英文名，'cherry'在英语里不仅仅代表'樱桃'，还有一个性暗示的含义，就像男生叫'Dick'一样，并且这是国外脱衣舞女使用率很高的一个名字……"老师有些尴尬地说道。

然后底下便是一阵哄笑，我心想，我学了这么久英语，还有这样一个说法吗？真是剑走偏锋啊，当时我真恨不得找个地缝钻进去。

　　见我有些下不了台，老师便说，既然大家以后都是同学了，就在黑板上留个联系方式吧。

　　我悻悻地转身在黑板上写了自己的新微信号，也是自己的新手机号，写完后转身一看，下面没一个女生存，倒是最后一排的几个男生埋头在那儿乐颠颠地拿着手机记。

　　我舒了口气，缓缓挪动着已然僵硬的身体回到自己的位子上，心想，终于算是暂时逃过一劫。怎想屁股还没坐稳，我就听见最后一排高子恒的惊呼声："居然是你？"

Chapter
Three

第三章 ▶

∽∽∽

我要使洪水泛滥在地上，毁灭天下。

听到高子恒那一声惊呼，我不禁全身寒毛倒竖，心想，自己拉黑他以后居然把这事儿给忘得一干二净。他刚才记完我手机号，之前那条短信的发送方肯定标注上了我的名字，这下真是彻底崩盘了，这才第一天上课就出了这种纰漏，真是防不胜防啊。

于是整节课我都没怎么认真听，总觉得后面有一双眼睛死死地盯着我，后背奇痒难耐，但我又不敢回头看，只能默默祈祷早点下课，然后开溜。

课间铃一响，我就冲出了教室，然后直奔卫生间，但因为路线太熟悉了，我条件反射地一头扎进了男厕所。几个拉开裤链站成一排的男生扭头看了我一眼，纷纷受到了史诗级的惊吓，几乎尿到了自己的手上，我这才反应过来，捂着眼睛大喊"对不起"，然后又扭头冲了出去，怎料却和一个人撞了个满怀。

我抬头一看，此人正是高子恒。

大概沉默了十秒钟，我侧身想走，却被他拦住了，然后他就把我逼到了墙边，一只手扶着墙把我锁在了那里。我心想，高子恒，你是"中二"少年啊，光天化日之下你跟我玩什么"壁咚"啊，你以为你霸道总裁吗？

"那个，这位同学，请问这是你发的短信吗？"高子恒掏出手机来，把那条短信在我眼前晃了晃。"是。"我真不知道该如何反驳，只能从牙缝里勉强挤了个字出来。

"你到底是谁，为什么要陷害我，挑拨我和我女朋友的关系？"

"嗯……可能是我发错了吧。"我面色僵硬地冲他笑笑道。

"不可能，怎么这么巧恰好发到我的手机上，天底下有这么巧合的事吗，你究竟从哪儿知道我的号码的？"他仍然不依不饶。

"问这么多干啥，能改善生活吗？"我有点被他这个态度激怒了。

"你……"他被我呛得有点说不出话来了。

然后我撩了一下头发，歪着脑袋直视他的眼睛几秒，让他走开。

他似乎被我看得有点不好意思了，缓缓移开了手，然后侧开身让我过去，于是我头也不回地大步往教室走去。

"你叫许曼妮，是吧？这事儿咱没完。"我听见他在背后来了这么一句，明显有些底气不足。

回到教室以后，我莫名觉得很爽，这种爽溢于言表，并不仅仅是一种恶作剧的快感，更多的是对人性的窥探欲得到了满足。

这些日子我一直在思考为什么我会如此强烈地想要回来，之前和徐小曼说我不想耽误功课，这真的是鬼话，或许是我好奇当自己以另外一个完全不同的身份去和那些曾经朝夕相处的人接触时，他们身上究竟会暴露出怎样不同的一面。

但有句话说得好，永远不要试图去考验人性，我现在或许在玩一个非常危险的游戏，但我现在沉浸在这种快感中不可自拔，来不及想那么多。

不过，话说回来，刚才高子恒的反应对我来说并不出乎意料。作为一个曾经的男生，我对男生的心理真的不能再了解了，我知道高子恒现在其实根本生不起气来，虽然他被我摆了一道，但我现在毕竟是一个漂亮姑娘啊，换我遇到这种情况，心里不说多多少少有点幻想，小期待还是会有一些的吧，对方是不是喜欢我呀，我和她之间是不是有什么说不清道不明的联系呀之类的。

可我内心深处还是很明白，自己终归瞒不了他多久，毕竟他是我好哥们儿，对我而言，他和徐小曼有着同样重要的意义，我无意把这种无聊的玩笑继续下去，只是当下我确实不知道以何种方式让他接受现在这个我。

中午下课后，我一个人溜达到食堂，准备吃完午饭回去睡个觉，下午还有更加令人心烦的听力课。

也就是在这样的一个时刻，我感到有些孤独，曾经一下课，都是和几个舍友闲扯着一起有说有笑地到食堂吃饭，现在变成这样，人际关系等于清零，搞得我一个朋友也没有了，我甚至都不知道无聊寂寞的时候该找谁玩儿。

说到我们学校的食堂，有一个很怪异的地方，那就是每天中午11点就开饭了，然而我们全校的下课时间都是11：50，这意味你只有不上课才能吃到最新鲜的饭菜，下课以后去必定是人山人海，有没有位置坐不说，排了半天队还只能吃剩饭剩菜，这岂不是变相鼓励大家都翘课去吃饭吗？

排了半天队打了两个菜后，我端着盘子在拥挤的食堂里迷茫地四处张望，想要找个座位，无意瞥到角落里几个熟悉的面孔旁边有一个空位。

坐在那里的是我们学院几个日语系的同学，因为外文学院一个年级也就四五十个男生，大家的宿舍都挨得很近，所以平时的关系都还算不错。

其中一个人平时和我玩得最多，他叫郭凡，是一个小鼻子小眼睛、个头不高、看上去文弱的男生。不知是不是因为先入为主的缘故，我觉得他还真有点日本人的气质。很不可思议的是，他居然和何艾是一对，两个人站在一起，看起来一点也不般配，更不用说性格方面了。

所以说，谈恋爱这种事情真是没谱，世间哪有那么多鸳鸯谱可点，放眼望去都是鸭配鹅。

我们俩会熟悉，是因为有一个共同爱好，就是打游戏，平时夜里没事就一起开开黑。我和他之间的关系谈不上多铁，肯定比不上和高子恒那样能彼此交心。但是大学里就是这样，很多所谓的"朋友"其实都是功能性的，层次感极其分明，舍友属于第一梯队，一起打游戏、踢球、社团里认识的算第二梯队，同班同系那些不怎么接触的都得排到第三梯队，学生会里的那些就更别提了，都不知道算不算真朋友。

我犹豫了一下，还是走了过去，在他们旁边坐了下来，那一瞬间明显感到他们原本热火朝天的对话停顿了那么几秒，然后他们又假装若无其事地聊了起来。

我一边吃饭一边有意无意地在听他们聊天。他们还是在聊打游戏的事儿，只不过嗓门高得有点不太自然，似乎是故意要引起我的注意。其实，之前身为男生的时候，如果旁边有一个漂亮的女生，我在和朋友聊天时，也会有类似表现欲爆棚的举动，比如提高嗓音、自我褒扬、贬低对方等，但我从未发现居然会如此明显，现在站在另一个角度看，这真是幼稚得可怕，充满孩子气的拙劣表演。不过，一想到自己之前也是这副嘴脸，我心里不禁有几分羞耻。

只是听他们在那儿聊游戏，我心里莫名又有些痒痒，要知道，自从搬到女生宿舍后，我已经很久没玩游戏了。我们学校宿舍的网络是这样的：每个人可以接免费的校园网，但是网速非常慢，只能查查资料看看视频，如果要玩游戏，就必须自己去买宽带，一般是宿舍四个人一起掏钱装一个，接个路由器一起用。我搬到女生宿舍了，肯定不可能说服她们装宽带，她们女生又不玩游戏，何艾不用白眼瞪死我才怪咧，我自己一个人掏钱装又太不划算了。

更何况，玩游戏一定得和人坐在一起开黑才最有意思，大家一起交流，欢庆胜利或是因为失败而骂骂咧咧，这是男生生活中为数不多的乐趣之一。而我一个人独自坐在女生宿舍里对着电脑大呼小叫，光是想想就觉得傻，所以我现在很难受，想到那些回不去的好时光，白米饭嚼在嘴里都是苦涩的，难以下咽。

在经历了激烈的思想斗争后，我放下筷子，转头对郭凡说道："郭……"

名字喊到一半，我忽然想起了什么，马上打住了。

"啊？"郭凡转过头看着我，露出惊讶的神色。

"郭……过来以后一直听你们聊游戏，其实我也玩这个的。"我灵机一动，立马改口道。

"啊？真的吗？这么巧啊，哈哈哈。"郭凡有点不好意思地挠了挠头。

"你很厉害吗，能带我一起玩吗……我是说，如果周末有时间，可以一起找个地方开黑吗？"

"好啊好啊，当然可以啊，可以留个联系方式，周末我联系你。"他很兴奋地说道。

于是我拿出手机把新微信号留给了郭凡，然后端盘子起身走了。身后是其他几个男生对着他"哎哟哎哟"起哄的声音，我摇着头默默地叹了口气，心想，男生果然还是男生，从小学到大学一直都是这个死样子，不知道什么时候才能长大。

　　回宿舍的路上，我忽然觉得肚子有点不太舒服，按理说，我中午也没吃多少东西，而且似乎也不像胃的感觉，但我也没太在意，满脑子想的都是周末去打游戏的事。

　　一开门发现只有柳小絮在，她翘起一只脚蹬在椅子上很认真地在那儿涂着指甲油，我有些尴尬，不知该说些什么，站在门口犹豫了半天，最后还是走了进去。我拉出一把椅子来怯生生地坐了下来，这姿势像生怕屁股沾上未干的油漆似的。

　　"许曼妮。"柳小絮一字一顿地说道。

　　"啊？什么事？"我有些惊慌地扭过头看着她。

　　"没什么，这是个好名字。"她依然没有抬起头，还在摆弄她的脚指头。

　　"呃……对，这是我爸给我起的，他最喜欢的女明星是张曼玉，所以才用了这个'曼'字……话说你的名字也很好听啊，很有画面感啊，哈哈。"

　　我发现这些日子我别的没学会多少，信口胡诌的能力倒是提高了不少，真是什么缘由都没有的瞎话张口就来。

　　"还行吧，我不是很喜欢我的名字，我妈起的，我也没问她为什么要这么起，不过反正我也很久没见过我妈了，都快忘记她长什么样了。"柳小絮吹了吹脚趾，表情显得很淡漠。

　　对于这件事情，我还是第一次听说，心里不禁有些惊讶，我原本想要接点什么表示一下礼貌性的安慰，但看她这个无所谓的状态，这些话便哽在了喉咙里。

"对了，你是从哪个学校转来的，怎么从没听你提起过？"她放下脚，抬眼看了看我，说道。

"这个嘛……"柳小絮的这个问题忽然把我问住了，其实我之前也考虑过这个事，但我不能选一个太有名的学校，不然太引人遐想了，不太知名的学校吧，我根本也不知道几个，因为总没人问起，我就把这事儿给彻底忘却了。

正当我歪着脑袋，屁股在椅子上很不自在地蹭来蹭去时，忽然听见柳小絮的一声惊呼。

"许曼妮，你……你流血了。"她指了指我的裤子，说道。

我低头一看，只见我的底裤上一片殷红。

"我的天，这是怎么回事，我怎么受伤了，不觉得疼啊，也没磕着碰着。"我顿时慌了神。

"你是白痴吗？你的大姨妈来了！"

柳小絮的话如当头棒喝，把我打得几乎灵魂出窍。

也就是在这样的一个时刻，我体会到了一种屈辱的绝望，这感觉和拳击手在台上被对手摁在地上暴打还不太一样，尽管空气中同样弥漫着一股血腥味儿。

我脑海里瞬间闪过很多句东北腔浓郁的"完犊子了"，以及诸多混乱的画面，我感觉这带来的惊吓程度甚至比最初发现自己变成一个女人时还要严重，但我此时并没有足够的时间去处理这样庞大的信息，只能慌张地站起身来，努力却徒劳地想要把裤子上的血迹给弄掉。

柳小絮坐在一旁一脸嫌弃地看着我，然后从桌上抽了张纸巾递了过来。

"你别这么弄了，赶紧去卫生间处理一下吧。"

"哦，好的好的……"

我从衣柜里随便扒拉出新衣服刚准备往门外走，柳小絮便叫住我道："等会儿，你……不拿卫生巾吗？"

我顿时愣住了，心想，我压根儿就没有买，我千算万算自己当个女人要准备哪些必要的东西，却怎么也没算到自己竟要当得如此彻底，况且这一个月来一直都好好的，谁承想到我居然还配备这个功能啊。

于是我只能用尽自己人生所有的耻度对面前这个曾经喜欢过的姑娘说道："我好像用完了，你……你能借我一片吗，用完还你……"

刚说完，我就后悔了，这玩意儿还带还的啊？

柳小絮一边摇着头，嘴里小声嘟哝着"白痴"，一边翻箱倒柜地找了一包，然后抽了一片出来递给了我。我接过来的时候都不敢看她的眼睛，拿卫生巾挡着脸立马就逃了出去。

到了卫生间以后，我才发现一个更加令人备感沉重的问题，那就是我根本就不会用。

但考虑到我总不能厚着脸皮再回宿舍让柳小絮教我，只好打了个电话找徐小曼补课，谁知道她接起电话，听完我的话又开始笑个不停。

"哈哈哈，范进，你该不是中了什么南洋巫术吧，你那次去旅游是不是走错庙拜了个什么兼职的菩萨啊？"

"我不知道是不是拜对了菩萨，但我知道一定是交错了朋友。"我黑着脸回答她。

"说正经的，我觉得这对你来说真不是一个好消息啊。"徐小曼忽然严肃起来，对我说道。

"怎么说？"

"你想啊，你会来大姨妈说明你有完整的女性生殖系统啊，这意味着，如果有可能，你甚至能怀孕能生小宝宝呢。"

徐小曼的这番话顿时把我给吓得魂飞魄散，本来嘛，忽然变成一个女人对我来说并没有那么可怕，因为我以为自己不过是换个皮囊过日子罢了，但作为男人，当你有一天意识到自己可以生孩子，这种恐惧感则是无可比拟的，它提醒我，这不再仅仅只是一场游戏一场梦了。

"怎么办啊小曼，我要以后变不回去了，我是不是真得嫁人生孩子啊？"我哭丧着脸问她。

"你想得有点多吧，先考虑考虑当下怎么过吧，这几天你自己注意点，别吃生冷的东西，别洗头，还有，你自己记着日子，来晚了或者没来、哪里不舒服，你告诉我，知道了吗？对了，你赶紧去超市买，自己备着点啊，别老向人借，多丢人啊……"

"哦，我知道了。"

"那我现在教你咋用……话说，你没看过电视广告吗，不应该没见过吧？"

"电视广告里大姨妈还是蓝色的呢，你指望我从里面探寻出多少生活的真相啊？"

最终，在徐小曼的指导下，我折腾半天后终于收拾完毕，身心疲惫地回到宿舍，然后艰难地爬到床上躺下，柳小絮全程在一旁用怪异的眼神看着我，好像在审视一个怪物。

"总感觉你像第一次来姨妈似的。"她不知是问我还是自言自语地说了一句。

听罢，我慌忙把头蒙在被子里，噤若寒蝉。

我站在一座山头上俯视脚下茂密的丛林，远处有一艘巨大的木船，这个庞然大物就像一座摩天大楼一样高耸入云。

我听到身后有动静，转头一看，一名行色匆匆的男子从不远处跑过，怀里抱着一只动物，看轮廓似乎是只小鹿，于是我大声叫住他，问他在干什么。

"快跟我一起走吧，要出大事啦！"他冲我喊道。

"什么大事啊？"

"世界末日要来啦，你还在这儿站着干吗？"

我站在原地发起了呆，心想，这个剧情怎么听起来这么耳熟。

那名男子冲我跑过来，到面前后，我定睛一看，这家伙居然是高子恒。

"姑娘，我怎么看你这么眼熟，我们是不是之前在哪儿见过？"他皱着眉头问我道。

我顿时慌了神，想要辩解些什么，可肚子忽然疼了起来，随后我发觉有血从我的两腿之间淌了下来，我想要拿手止住，血却越流越多，最后竟像洪水一样喷涌而出，很快便淹没了山脚下的丛林。

"果然是你，你才是这一切的祸乱之源！"高子恒愤怒地冲我吼道。

随着我们俩一并被红色的海洋淹没，我猛地惊醒过来。

我艰难地从床上挣扎着坐起来，擦了擦头上的汗，心想，这梦还真是重口味，这要是部电影，不知会被剪掉多少分钟。

我拿起手机一看，果然还是睡过点了，听力课都开始半小时了，也没什么去的必要了，反正也不可能点我的名，索性去趟超市把该买的东西给备齐了，毕竟还不知得折腾多少天呢。

走在路上的时候，我依然没有从来大姨妈这个事情里缓过劲来，小曼跟我说的话始终回响在我的耳边，让我无比焦虑。如果我这辈子再也变不回范进了，未来的日子该如何继续真的是个大问题，我总不可能一直在这儿当个假交流生吧，即使顺利地熬到毕业，也拿不到毕业证，一个没有身份、没有学历的人，要怎么在社会上立足呢？现在我甚至都没有能力和勇气向我妈坦白真相。

总之，尽管这是一个阳光明媚的午后，我却感到周遭的空气令人压抑得可怕，大姨妈带来的生理作用更让我的情绪差到了极点。

恍恍惚惚地不知走了多久，我走到超市边的小广场上。今天这里热闹非凡，开学以后学校里一年一度的社团纳新活动又开始了。我对社团向来是丝毫不感冒的，本来我就没什么才艺特长，又不喜欢社交，周末有时间睡睡觉打打游戏多滋润啊。如果有比这还要强烈的动力，多半是因为生理冲动，因此在我眼里，社团不过是假借兴趣爱好的掩护，学长勾搭学妹、学姐诱骗学弟的地方。

正当我准备走开时，忽然发现不远处有人喊我的名字，我转头一看，是我曾经的另一个舍友崔世豪，他坐在吉他协会的摊位前，抱着把吉他在那儿冲我笑。

这个崔世豪是个奇葩的文艺青年，我只能这么形容他。还记得第一天在宿舍见到他的时候，他的头发长得像一把拖把，搬个椅子坐在阳台上抱着吉他，像个傻瓜一样。我提着行李一个人杵在空荡荡的屋里，愣愣地望着这个傻瓜在夕阳下勾勒出一道明媚忧伤的剪影，心想自己果然还是没见过什么世面。

后来他把头发剃掉以后，我才看清他的真实面目，长相不算难看，浓眉大眼，戴着一副黑框眼镜，像个读书人的模样，但是他天然散发一股腥臊的气质，在说话的时候尤为明显，让人感觉这个生物好像不属于这个世界。

这家伙的事迹很多，最可笑的便是之前疯狂喜欢上了德语系的一个姑娘，还和她当众表白过，但被当场扇了个重重的耳光。在成为吉他协会会长之后，他更是经常带领一帮人到她宿舍楼下弹琴唱歌，然后被楼上泼水，备受打击的他后来时常在宿舍里喃喃自语，说什么"文艺青年的市场泡沫终于还是在这个夏天破灭了"之类的话。

不过，他人倒是不算坏，我们俩关系也还不错，只是他脑回路实在有点特别，总是做一些让人摸不着头脑的事情。

我有些无奈地走过去，他跟我打了个招呼，问我怎么没去上听力课。

我心想，你小子不也没去吗，还有脸问我？

"你谁啊，我认识你吗？"我实在是不想理他，于是装傻充愣。

"那个，你不是那个新来的交流生吗？我是跟你同班的男生呀，早上坐在后排，你可能没有注意到我，我叫崔世豪……"

"行了行了，麻烦你说重点好吧，有什么事吗？"

"要不要考虑加入我们协会啊？"

"不了，谢谢。"我扭头想走。

"等一下，等一下……你看你刚来我们学校，加入个社团交点朋友一起玩不挺好的吗，不然周末多无聊，对不对？"

"真的不用了，我这人天性孤僻，喜欢一个人待着，还有点暴力倾向，经常会忍不住揍话多的人。"我努力保持微笑，克制心中的怒火。

"你再考虑考虑嘛，入会费我给你打五折，你要买吉他的话也可以出厂价卖给你……"

"不用不用……"

"你别着急走嘛，不如我唱首歌给你听吧，你最喜欢听什么歌？"

"你别……"

"好，那我就唱一首我最喜欢的……"

"啊，妈的……"

因为大姨妈作祟，我实在是忍无可忍，抢过他手中的吉他就想砸他，崔世豪吓得一屁股坐在了地上。见周围的人纷纷投来了好奇的目光，我才冷静下来，缓缓地放下吉他，做了个要掐死他的动作。

刚准备走，我忽然想起了什么，把他拉到了一边，小声说道："我问你，你和高子恒一个宿舍，是吧，他和他女朋友怎么样了？"

"你真的认识高子恒啊，他中午跟我说的时候我还不信呢，你问这个干吗，你们俩有什么故事吗？"

"你别问这么多好吧……行，不如这样，我同意加入你们协会，你跟我说说高子恒最近的状况。"

崔世豪说，高子恒前些日子似乎和女朋友闹过分手，这两天好像又和好了。

"嗯，没事就好，你别告诉他今天我问过你的话。"

"可以，不过我还是忍不住好奇你们俩的关系……"

"忍住。"

"好的。"

"那我先走了，你保重，兄弟。"我拍了拍他的肩膀。

"可你还没交入会费呢。"

"你这人……行，多少钱？"我叹了口气道。

"打完折算你三十吧。"

"好，我给你五十，剩下的就当封口费了。"

"封我口才二十块啊。"

"不满足，是吧，我可以再多给你一百，当医药费你看怎么样？"

"感谢你加入我们吉他协会的大家庭。"

摆脱崔世豪这个祸害之后，我赶到了超市，终于可以买我想要的东西了。由于货架上的品种实在太过丰富，从来没有买过也不知该怎么挑的我随便拿了两个盒装的价格比较贵的就结账走人了。我琢磨着，买东西不懂没关系，买贵的总归没错，质量肯定是越贵的越好。

可回到宿舍以后拆开一看我却傻了眼，因为根本就不是预想中一片一片的，而是一条一条的管状物，这玩意儿压根儿长得就不像卫生巾，更像医用注射器。

我怀疑自己买错了，上网一查发现这是卫生棉条，也是来大姨妈时用的，但我怎么也没研究出来到底该怎么用它，万般无奈下只好再给小曼打电话。

"噗，范进，你为啥非得买棉条啊，老老实实用卫生巾不好吗？"

"我不知道啊，我就随便拿了个贵的，结果就买了这个。"

"你还是拿去退货吧，我估计你是用不来。"

"有什么用不来的，你教我不就好了，而且现在都已经拆开了，你让我怎么退货？"

"好，我告诉你，棉条的用法是，你得把它……插进你的……"

听小曼这么一说，我一下子领悟到了，我扶了扶下巴以免它掉下来。

"这也……太暴力了一点吧，这怎么弄得进去啊，而且进去以后怎么拿出来啊？"

"上面不是有根线吗，可以拉出来的。"

"太可怕了，我做不到，大概会很疼吧？"

"你别问我，我也没用过，不是所有女生都会用这个的，一些女生也接受不了，你一个直男居然会买卫生棉条，你真是有点超前。"

挂了电话以后，我想再跑一趟超市，但想到这天刚给了崔世豪五十，又花一百多买了两盒这个，实在是不想再花冤枉钱了，还是不浪费资源，试着用用吧，作为男生中的先驱，该流的血都流了，棉条有什么不能插插看的。

于是，在仔细地阅读说明书之后，我拿着一支到了卫生间里，脱了裤子，一只手紧握着它站在那儿反复做了几个深呼吸，好像在进行什么怪异的仪式，然后将它对准自己的下体，试着推了一下，却怎么也推不进去。

我心想，难不成是找错入口了吗？可是我完全不知道哪个才是正确的入口啊，毕竟也没人站在那里收门票指路啊，我自从变成女人之后压根儿就没敢正眼瞧过它一眼，今天忽然就要来这么个深渊探险，真的太为难我了。

在费尽九牛二虎之力，弄出一身大汗后，我似乎找对了地方，但是进去的过程实在是太过痛苦了，这感觉无法用语言来形容，如果非要我打个比方，大概是在水泥地上滑雪橇，我翻着白眼几次差点叫出声来，但只能努力克制自己，生怕被别的路过的女生听见，以为我在厕所里生孩子就坏了。

最后，当我扶着墙从卫生间里步履蹒跚地出来时，看见日落前的橙色覆盖着墙壁，空气既清爽又新鲜，那一刻我的内心很平静，感觉像经历了整个人生一般，但我的脑海里只有一个简单的念头，那就是我果然得再去趟超市。

在经历艰难的几天后，第一周的课总算是结束了，大姨妈也终于悄无声息地走了，我的心情真可谓豁然开朗，只是一想到她下个月还会准时来找我，心里难免还是有点犯怵。

正当我悠闲地跷着双脚在宿舍里看着手机时，忽然想起之前和郭凡约了周末一起去打游戏，于是我给他发了个信息，问他有没有空儿。

过了很久，郭凡才回了我，说他在外面有点事，要等十点以后才有时间。

我心想这家伙估计正和何艾约会呢，于是回复他，那就十点半在学校门口的网吧见吧。

想到马上就可以玩久违的游戏了，我兴奋得差点在宿舍里手舞足蹈，可是猛然间我意识到一个尴尬的问题，那就是我压根儿就没有身份证，该怎么去网吧呢？

其实学校外的网吧并不需要本人的身份证登记才能上网，也就是说我用范进的身份证也完全没有问题，但因为来学校之前我以为自己根本用不着身份证，把这东西带在身上更有暴露自己真实身份的可能，所以我就把它放在家里了。

正当我愁眉不展的时候，柳小絮恰好从外面回来了。我犹豫了半天，实在抵挡不住游戏的诱惑，于是还是厚着脸皮向她借了。

"身份证？为什么要向我借身份证？"柳小絮一脸的讶异。

"那个，我身份证丢了，我一会儿有急用，回来就还给你……"

"你……要去开房？"

我左思右想，确实想不到什么好理由，只好勉强点了点头。

"你有男朋友吗？"

"有。"我继续硬着头皮回答道。

"噢，是吗？"

"你看我这不是姨妈终于结束了嘛……"

"行了行了，你别说了。"

尽管柳小絮始终是一副狐疑的神色，但她还是把身份证借给了我，我对她千恩万谢，仿佛受到太后赏赐的小宫女一般，就差跪地磕头道万福了。

十点刚过，我就洗了个澡出门了。刚下楼，我就在楼梯口遇到了刚回来的何艾，我本想跟她打个招呼，但可能还是有点心虚，毕竟我知道她这天这么早回来的原因，所以慌忙低着头从她身边跑过了，不敢看她的表情。

到了网吧门口，郭凡已经站在那里等我了，我和他简单寒暄了几句，便一起走进了网吧。

周五晚上的网吧总是这般热闹，充斥着青春活力、欢声笑语以及烟草加泡面的浓重气息，跟周一早晨的教室相比，真是天堂与地狱的现实写照。

刷完身份证充好钱，我和郭凡找了个角落的卡座坐了下来。开机的时候，郭凡很奇怪地问我为什么会想到约他一起出来玩游戏，我们只不过在食堂有过一面之缘而已。

我随口敷衍了他几句，说不要在意这些细节，我只是一个新来的交流生，不认识什么朋友，恰巧遇到有喜欢玩游戏的，就约出来一起玩玩而已。

说着，我下意识地登录了我原来的游戏账号，郭凡盯着电脑屏幕对我说："稍等一下，我以前一个朋友上线了，我拉他跟我们一起玩。"

我扭头一看，他屏幕上备注"范进"的好友账号亮着，吓得差点把鼠标给扔出去，赶忙七手八脚地把游戏关了。

"奇了怪了，他怎么又下线了？"郭凡在一旁自言自语道。

我点起一支烟，假装镇静地对他说道："哥们儿，我这个区没有号，你帮我借一个吧。"

玩了几局，郭凡在一旁对我赞不绝口，一直死命地夸我厉害。

我琢磨着之前我俩一起开黑的时候，他总是说我废物，说我坑，现在我不过换了个身体跟他玩，在他这儿就成神啦，可见男生真的是双重标准的生物，对姑娘的包容度比起同性来说简直高出不止一个档次。

　　不知不觉，已经凌晨一点多了，我有些困倦地打了个哈欠，准备摘下耳机出门透口气，却忽然感觉后脑勺重重地挨了一巴掌。

　　我一扭头，看到何艾的高大身姿，在昏暗的灯光下，那撒旦降临一般的面孔，让人仿佛看到一对灰色的翅膀正在她身后徐徐张开。

Chapter Four

第四章

∽∽∽

不要论断人，免得你们被论断。

"大脑皮层内部神经信号传递依靠的是电脉冲和生化递质，如果过强的情绪刺激超过了神经细胞兴奋性的限度，神经电信号、化学信号传递陷入暂时的'休克'状态，使得神经联系中断，大脑皮层处于抑制状态，这时就会出现思维中断，引起刹那间的'大脑空白'。"

这是我之前在书上看到的一句话，用来形容我现在的状况真的是再合适不过了，转头看到何艾的一刹那，比在大草原上看到一只狮子还令我绝望，因为草原好歹是空旷的，跑不跑得过暂且不提，至少有跑掉的机会，而我挑的这个角落里的卡座，真的是无路可逃，何艾戳在那儿就像围棋围杀前落在棋盘上的最后一颗棋子。

"你……你怎么来了？"郭凡吓得脸都绿了。

"哟，怎么的，影响你们俩约会了是吧？我说你今天怎么这么早就要回宿舍，原来是急着去和这个小贱人在一起。"

"不是不是，何艾，你误会了，我们俩只是——"我也慌忙解释道。

"你给我闭嘴吧，话说你这交流生有点厉害啊，刚来没几天，就泡别人男朋友，你住在我们宿舍是故意来针对我的，是吧？"

"什么？你们俩认识？而且住一个宿舍？等会儿，等会儿，你们俩让我缓缓……"郭凡听完这话，瘫坐在椅子上，一副快要昏厥的神情。

总之，场面就这样陷入了混乱，由于何艾的嗓门巨大且穿透力极强，在网吧上网的人纷纷投来好奇的目光，更有闲得发慌的好事群众在一旁探头探脑地围观起来。

"你先消消气，成吧？咱有啥出去说，这里这么多人，影响怪不好的。"见何艾有点情绪失控了，我弱弱地提醒她。

"噢？你还知道影响不好呢，你在这儿跟我装什么茉莉绿茶，我见到你的第一天就知道你不是什么省油的灯，瞧你那臭不要脸的操行。"何艾双手抱胸，露出一脸的不屑。

"啊喂，你这样说就有点太过分了吧？"

"说的就是你个婊子！"

何艾怒吼一声，随手抓起桌上的键盘就要砸我，我眼疾手快，一把把它夺了下来。

"姐，这可是机械键盘，很贵的，赔不起！"

何艾听完这话，显得更生气了，瞪圆了眼睛朝我扑过来就要揪我头发。我敏捷地侧身，一个箭步从她身边的缝隙钻出了卡座，连滚带爬地往网吧门口奔去，回头一看，何艾也紧追在后，而郭凡则全程瘫软在椅子上，像被人打昏了一般。

出了网吧，来到大街上，因为坐了太久，两腿有些发麻，我感觉自己实在是跑不动了，只好转过身来摆了一个防御的架势虚张声势，警告何艾别过来，不然我也要对她不客气了。

"就凭你？来咱俩比画比画。"何艾潇洒地把头发甩到脑后，然后冲我勾了勾手指。

我心想，从小到大我跟男生都没怎么打过架，今天居然要跟一个女生打，人生真的是有点太过沉重而戏剧性了吧。而且，我听说女生打起架来可比男生狠多了，揪头发、扇耳光、抓脸、咬手臂，无所不用其极。但是考虑到我就算一直跑也只是跑得了初一跑不过十五，我早晚得回宿舍，反正她一早就看我不顺眼，我也默默忍她很久了，不如就在这儿做个了断。

于是我们俩在大马路上扭打起来，不过，说真的，不是因为考虑到对方是女生我下不了手，而是我真的打不过她，我一弱女子的身体如何打得过何艾这高大强壮的东北大妞。几个回合过后，我就背朝天被摁倒在地上，然后她将我的双手控制住，骑在我的身上问我认不认输。

我哪里能这么认输？眼看围观看热闹的人渐渐多了起来，你让我一大老爷们儿的尊严往哪儿搁？我挣扎着从她身下翻过身来，然后将她掀翻在地，一只脚钩住她的脖子，一只手从她的两腿之间穿过抱紧她，我们俩就这样以一个奇怪的姿势扣在了一起，谁也不肯放手，在地上动弹不得。

在一片欢呼和呐喊声中，不知是因为第一次在大街上和人打架有点过度亢奋，还是被何艾勒得太紧产生了幻觉，我恍恍惚惚像到了奥运摔跤比赛的赛场，感觉马上就要为国争光了。

不知过了多久，人群中钻出两个人，硬生生地把我们俩给掰开了，我们俩气喘吁吁的，被分别拖到离彼此十多米远的地方。拖开何艾的是终于"苏醒"过来的郭凡，而回头一看，拖我的居然是高子恒。

"你怎么在这儿？"我把嘴里的沙子吐出来，问他。

"这话应该我问你吧，你们俩为啥大半夜在这大马路上大打出手？"

"是她先动手的，她以为我泡他男朋友。"

"你……你这才刚来几天，怎么连隔壁日语系的都已经……"

"大哥，我是这种人吗？"

"我怎么知道你是什么人，咱俩的事还没完呢，话说你是不是慕男狂啊？"

"我呸，就你，还有那个郭凡？你们也太看得起自己了吧，我要真是个女的也不会——"

"啥？"

"没啥，你扶我起来。"

我拍拍身上的土，往前望了一眼，何艾还在那儿叫嚣着要跟我大战三百回合呢，还说什么"咱俩还没分胜负，有本事别回宿舍"这种话，要不是郭凡在后面拉着，她估计还得冲上来。

高子恒拉了拉我的衣服，告诉我："咱们先走吧，这么多人看着实在是太丢人了。"我这才想起自己的身份来，说好的要在学校里低调做人的，明天要是传出去出名了可就惨了。

离开人群以后，高子恒告诉我，他刚才是出来吃夜宵恰好路过这儿，被郭凡看见后硬拉到这儿来帮忙的。他很认真地问我我到底是谁，为什么要做这些匪夷所思的事情。

"做人真的挺难的，不是吗？有时候你只是想得到别人的喜欢，可是无论你多小心翼翼，别人总会对你有误解。"我叹了口气，说道。

"我知道你可能有比较强烈的情感需求，可是你也不能总挑这些有女朋友的男生下手，对不对？"

"去你大爷的，高子恒，你是不是傻×啊，我说的是这个意思吗？"

"啧，我总觉得你这说话的口气，像认识我很久了一样，我们在哪儿见过吗？"

"你别问了，早晚有一天你会知道的，你先帮我想想现在该怎么办吧。"

"回宿舍呗。"

"你疯啦，你让我回去再跟她打一架吗……我声明一下，我不是厌，是真的累坏了，打不动了。"

"那难不成搬宿舍吗？这才开学多久啊，我觉得你们俩还是好好聊聊吧，既然你说你是被她误会的。"

"明天吧，等她消气了我再回去，今晚你陪我通宵吧，反正明天周六不用上课。"

"这……"

"别这这这了，像个爷们儿一样，我对你没任何想法，看到你我就恶心。"我用力拍了拍他的肩膀，说道。

"谢谢你夸我啊。"高子恒白了我一眼。

走到路边的烧烤摊，我们俩找了个位置坐了下来。高子恒问我想吃啥，我原本挺想吃烤腰子的，但想到身为一姑娘，点烤腰子总给人感觉怪怪的，于是要了几个羊肉串。

"你喝点啥？"高子恒问道。

"来两瓶啤酒？"

"还是不喝了吧，来两罐凉茶算了。"

"那你何必问我，你自己点不就完了吗？"

"我不是出于礼貌嘛。"

"那我说了，你又不点我想要的，算礼貌吗？"

"你……"高子恒又被我说得失语了。

"行了，逗你呢，话说你怎么没和你女朋友一起？"

"她今天有点事先回宿舍了，所以我自己出来想吃点东西，没想到又遇到你了。"

"噢，你俩没事就好，之前的事情给你添麻烦了，这顿烧烤我请了，咱俩扯平了，行吧？"

"说真的，我还是很想问你，我总觉得你太不同寻常了，你真的只是个交流生吗？"

"高子恒，你知道潘多拉的盒子吗？"

"不知道，我只知道薛定谔的盒子。"

"那行，咱就说说薛定谔的故事，本质上是一样的，盒子里装着猫，你可以选择看，也可以选择不看，一旦你看了，猫就有可能活着，也可能死了，但只要你不看，猫永远处于一种叠加的状态，不死不活。"

"然后呢？"

"所以真相有时候是残酷的，你一旦打开盒子，猫的命运就决定了，你也得为猫的生死负全部责任。你和猫之间又没有什么瓜葛，大家就不能相安无事，让猫在盒子里多待一会儿吗？"

"你这故弄玄虚的本事倒是厉害得很，行吧，我就当你是个交流生，你自己啥时候愿意从盒子里出来就出来吧。"

"从盒子里出来可比从衣柜里出来难多了。"我喃喃自语道。

"你说啥？"

"没，羊肉串来了，快吃吧。"我抓起一串羊肉就塞进了他的嘴里。

可我们俩刚开始吃没多久，天上忽然下起雨来，而且转瞬之间便越下越大。夏季的暴雨从来就是这么令人猝不及防，由于烧烤摊在室外，我们只好喊老板帮忙把烤串都给打包，付了钱，赶紧找地方躲雨去。

凌晨两三点的街道已经很空旷了，大多数店面都已经关门，我和高子恒提着两袋烧烤在雨里跑了很久也没有找到避雨的地方，两个人淋得浑身湿透，最后迫于无奈，只好就近躲到校外的一个小旅馆里。

我们刚走进去，老板娘便抬眼问我们道："同学住宿吗？"

"不了不了，我们躲一会儿，等雨停了就走。"

"你傻啊，咱既然都到这儿了，为什么不开个房间？"

"这……不好吧。"

"你可以回宿舍，我怎么办啊？我总得找个地方洗个澡把衣服晾干吧。"

高子恒嘴里嘟哝了几句不知什么话，最后还是妥协了。老板娘让我们拿身份证登记一下。我一摸口袋，发现幸好柳小絮的身份证还在身上，就拿来应付一下好了。

交了钱拿了钥匙，我们俩就上楼了，这所谓的"旅馆"其实就是拿私人住所改的几个小房间，楼道里黑漆漆的，条件也很简陋。学校外面有很多这样的小旅馆，一晚上只要几十块钱，目标消费者正是大学里这些躁动的学生情侣。

来到房间门口，开门进去，映入眼帘的只有一张床和一张桌子，还有一个非常小的卫生间，作为从没谈过恋爱的单身狗，今天也算长了一次见识，只不过没想到这第一次居然是和高子恒一起，内心不禁感到几分凄苦。

　　由于房间实在是太小了，甚至都没有坐的地方，我和他只好并排坐在了床上，整个场面顿时便陷入了巨大的尴尬，像古时候新婚夫妇入洞房的场景，我只恨不能拿个毛巾把脸盖起来。

　　最后还是我先开了口，告诉他："我去洗澡了。你在这儿玩会儿手机吧，我洗完，你洗。"

　　在卫生间洗澡的时候，我真的快要笑出声来，想到高子恒现在在外面该有多紧张，心里有多强烈的思想斗争，我恶作剧的快感不禁又从心底油然而生。

　　因为没有换洗的衣服，我只好擦干净，围着浴巾就出来了。高子恒原本低着头在那儿玩手机呢，一抬头看到我，整个人下意识地往后退了几下，几乎贴在了墙上。

　　"你别紧张，我衣服都湿了没得穿，我晾个衣服。"我把衣服都拿衣架挂了起来。

　　"好的。"他咽了口唾沫。

　　"你也去洗洗吧。"

　　"不了不了。"他把头摇得像拨浪鼓似的。

　　"你这湿淋淋的怎么睡啊？"

　　"我不睡了，我等雨停了就走。"

　　"大兄弟，你害羞啥，我说了对你没想法的，我就是看你这样我难受。"

　　"我真没经历过这种事。"

　　我心想，我呸，你个恬不知耻的高子恒，脸皮真的厚，在这儿跟我装纯洁，你跟你女朋友在我桌上的事我可没忘呢。

"那行吧，咱把烤串吃完吧。"我指了指桌上刚才一路提来的两个塑料袋。

于是我坐在床上，他坐在地上，我们就这么相顾无言地吃着烤串，窗外还在淅淅沥沥地下着雨，周围的一切莫名开始变得有些浪漫。

我盯着高子恒的脸看了很久，心想，如果自己真的是一个女生，是否会喜欢上他呢？女生喜欢上一个男生和男生喜欢上一个女生时的感觉是否有什么差别呢？喜欢究竟是什么呢，爱和喜欢的区别究竟在哪里呢？

我曾经是一个不能再直的直男，从来不会去想这般奇奇怪怪的问题，但当我拥有了女生身体后，视角也渐渐发生了转变，我试图站在不同人的角度去揣摩人性，我感觉自己变得深刻了，像一个超脱了性别束缚的哲学家。

可能是发现了我一直盯着他看，高子恒有些不好意思，刻意地别过脸去。

"怎么了你？"我问他道。

"你的浴巾掉了。"

我低头一看，包着身体的浴巾不知什么时候掉了下来，两个馒头都露了出来。

"我×，你是不是看了很久才告诉我？"我抓过被子质问他。

"我真是这种人我干吗告诉你，反正你自己也没发现。"

"行了，我吃饱了，睡觉了，你不洗的话，就在地上坐到天亮吧。"我冲他摆了摆手，然后背过身躺下了。

由于打完游戏、打了架、吃烧烤、躲雨各种折腾，我没几秒钟就累得进入了死一般的沉睡。等一觉醒来一看手机，已经到中午了，窗外已经是阳光明媚，环顾了一下四周，顺便检查了一下床底，不知何时高子恒已不见了踪影。

不晓得他前一晚这么傻愣愣地在地上坐了多久，高子恒这家伙吧，有时候也是固执得很，真不知该夸他正人君子，还是该说他一根筋，不过站在他的立场上，作为一个有女朋友的人，他确实还是非常靠谱的，言行上都没有越界，是个好男人啊，以后还是不要逗他了。

下午回到宿舍，我站在门口有些犹豫，我设想了无数种开门以后可能看到的画面，例如何艾正拿着根狼牙棒坐在椅子上抖着腿等我，或是躲在门口拿着根绳子预谋趁我不备把我勒死，于是我有些神经质地在门口做了几个热身运动，以应付各种可能需要我及时反应的突发情况。

然而小心翼翼地开门之后，我却发现宿舍里出奇地安静，我以为没人在，便松了口气，大摇大摆地走了进去，怎料往上一瞧，发现何艾的床位上有人，蒙着被子似乎在发出微弱的呻吟声。

我心想，总不可能这个时候还在睡觉吧，难不成是生病了吗？我爬上去拍了拍她，问她是怎么回事，她没有反应。我斗胆掀开了她的被子，只见她一脸痛苦地躺在那里，额头上都是汗，我伸手摸了摸她的脑门，果然是烫得厉害。

"那个，何艾啊，你这烧得有点厉害。"

"用不着你管，你在这儿跟我整事儿装什么好人，咱俩还没完呢。"何艾虽然一副病病恹恹的模样，嘴上却依然对我不依不饶。

"唉，我听这话都已经听腻了，不管有完没完的，就算你要接着跟我打，也得等你把病治好了对不对？不然多不公平，你听我的，咱上校医院去。"

"滚犊子，就算我病了我一样能把你削趴下……咳咳咳……"

"行了，姐们儿，咱别较这个劲，等你好了，我站着给你削，行不？"

我费力把她拉起来，让她穿好衣服，然后与其说扶着她，不如说架着她，硬生生地把她架到了校医院。一路上她依然骂骂咧咧的，但身体很老实，没怎么反抗。我在一旁憋着想笑，莫名觉得何艾这个样子居然有点可爱，我怀疑自己可能被打得有点像得了斯德哥尔摩综合征。

到了校医院，医生说她就是着凉了，得了重感冒，输点液吃点药，注意休息就好了。我这才知道，原来前一晚下暴雨的时候何艾和郭凡吵完架，赌气跑回宿舍的时候淋雨了，所以生了病。

在等护士过来给她扎针的时候，我扭头看了看何艾，她咬着嘴唇在那儿哆嗦。

"咋了你，难受吗？"我问她道。

"不是，我……我晕针……"

没想到何艾平时这么一天不怕地不怕的一个姑娘，居然也会晕针，这反差让我差点乐出声来，不过我还是忍住了，安慰她："别怕，闭着眼睛一下就好了。"

随后护士拿着药过来，在给她手背擦酒精的时候，她忽然一把攥紧了我的手，都快把我的手拧断了，整个走廊上回荡的都是我的叫喊声，不知道的还以为晕针的是我呢。

一阵混乱过后，何艾终于扎好了针，安安静静地坐在那里。沉默了很久，她转头用一种很不情愿的语气跟我说了一句"谢谢"。

"你不用谢我，之前是我给你添麻烦了，我和郭凡真的只是偶然认识，我就是太无聊了，想找个人一起玩游戏而已，让你误会了，不好意思。"

"没关系，其实我心里也知道你们俩不可能有什么，我昨天躺床上想了一晚上算是整明白了，我只是在跟我自己较劲，一开始就对你有偏见，一直看你不顺眼，所以想找一个宣泄的机会，对不起。"

"所以现在宣泄完了吧，你病好之后，咱不用再分个胜负了吧？"

"嘿，咱俩这就算结了，以后咱也是好姐妹了，我这人性子直，但也不是那种蛮不讲理的人，之前的事儿别往心里去。"

"那就好，不过，讲道理你现在也打不赢我了，毕竟我已经知道你的弱点了，你要真跟我再来一场，我就带根针在你眼前晃。"

"去你的，臭不要脸，别得了便宜卖乖啊。"何艾苦笑着推了我一下。

我们俩就这么不打不相识，成了好朋友，也只能说是造化弄人，不过跟她聊着聊着，我忽然想起了一个问题。

"对了，话说，你究竟是怎么知道我和郭凡在网吧的啊，你没道理会知道这件事的。"

"我回宿舍以后本来打算洗洗睡了，是柳小絮提醒了我，她阴阳怪气地说：'你这么早回来，也许是男朋友瞒着你去见别人了。'我一开始还以为她跟我开玩笑呢，但后来我给郭凡和他舍友分别发信息，郭凡说他回宿舍了，他舍友却说他没回，我才发觉事情不对。然后柳小絮又说，你可以去学校外面的网吧找找啊，所以我才找到了你们。"

听完这番话，我一摸口袋，想起柳小絮的身份证，这才恍然大悟，这一切原来是柳小絮从中作梗，我一开始骗她我借身份证是去开房，她就怀疑我了，肯定是趁我洗澡时候偷看我的手机信息，才知道我和郭凡去了网吧。不过，她到底为什么要这么做呢？

"柳小絮，我跟她无冤无仇，她为什么……"

"你要小心柳小絮这个人，我和她表面上关系还行，但我私底下挺防着她的，她不上课时都神出鬼没的，不知道在学校外面干什么，家庭背景和身世也是个谜，你最好不要轻易招惹她，但如果她故意欺负你，你告诉我，姐一定罩着你。"

送何艾回到宿舍后，我把借来的身份证放回了柳小絮的桌面上，也就是在这样一个时刻，我感到有些心力交瘁。躲进厕所点了根烟，我又拨通了徐小曼的电话。

"怎么了，范进？或者说你更希望我叫你许曼妮？"

"叫我什么已经不重要了，小曼，我累了，有点想逃了，你说，我直接买张车票回家，大家会不会因为我忽然失踪而感到奇怪？"

"你这才刚开始，怎么就打退堂鼓了？"

"处理人与人之间的关系真的是太累了，今天这个针对你，明天那个讨厌你，为什么我以前都没有这种感觉？"

"那是因为以前你太少跟人接触了。"

"我现在也没想多跟人接触啊，我就想过回以前那种日子，当个废物，每天上课、打游戏、睡觉，为什么会这么难呢？"

"许曼妮，你要记住一点，事已至此，你就别沉湎于过去那种生活了，你既然有了一副新皮囊，试图维持原来的那种状态是不现实的，即使你的内心不改变，环境也会随着你而改变的。"

"那我应该怎么办？"

"我可以教你很多关于女人的事情，但是我不能永远当你的生活导师不是吗？生活是你自己的，回去也是你自己选择的，既然做出选择了，就不要再逃避了。"

听完小曼的话，我陷入了沉思。她说得确实很有道理，既然回来了，现在一遇到点困难就要逃走，也未免太懦弱了，既然我随时都能逃走，何必畏畏缩缩地过这种日子呢？不如活得洒脱一些，去经历更多从未体验过的生活。

晚上正在宿舍里等柳小絮回来想找她当面谈谈，却忽然接到了崔世豪的电话，他告诉我当天是吉他协会新学期第一次纳新大会，希望我能到场参加。

我原本是不想去的，但想到自己其实并没有多少和柳小絮对峙的胆量，而且这破协会还是我之前交了钱的，所以犹豫了一下还是穿衣服出门了。

根据崔世豪给我的地址，我走到了教学楼的一个阶梯教室，发现里面居然坐满了人，大概有一百多号的样子。放眼望去，男生占了绝大多数，没想到这种生拉硬拽的方式招来了这么多新会员，大学新生还真是好糊弄啊。

不过其中的男生大概都是抱着学吉他在大学里泡姑娘的心态来的吧，不然为何空气里没有多少文艺气息，而是伴随着浓烈荷尔蒙的臭汗味呢。

刚准备从教室门口进去，就被站在一旁的崔世豪给拉到了一边。

"许曼妮同学，你能不能一会儿帮我一个忙？"

"干吗？"

"一会儿唱首歌行不行？"

"滚。"

"不是，你听我说，今天本来要给这些新会员表演两个节目的，但跟我合作的那个女生今天有事不能来了。"

"那你自己唱啊，或者找别人啊，凭什么找我，我又不会弹吉他。"

"不需要你弹，一会儿我弹、你唱就行了，这歌我真唱不了，调子太高了。"

"没门，我不会唱歌，我唱歌巨难听，你不怕把这一屋子新会员都给吓跑了？"

"不会的，都是交过钱的，而且你这么好看，人家凭什么跑？"

"对啊，都是交过钱的，凭什么人家第一天来听歌，我却唱歌，这公平吗？"

"梁静茹的《情歌》听过吧？"

"听过，但是我不唱。"

"唱一小段就好……"

"是不是上次没揍你你觉得我很好说话？你信不信我叫我姐们儿何艾来一起收拾你？"我倒是把刚获得的人脉运用得很快。

"好好好，不为难你了，你在前排找个位置坐一下吧，我们的迎新大会马上就要开始了。"

平复了一下情绪，我在第一排找了个空位坐了下来，作为协会会长的崔世豪上台发表了一段令人昏昏欲睡的演讲，语气倒是慷慨激昂，就是几个段子说得实在是让人尴尬症都犯了。听他在那儿废话了半个小时，我趴在桌上差点睡着，真是上公共课都没这么困过。

正当我迷迷糊糊的时候，忽然听到台上的一个声音："接下来我为大家表演一个节目吧。大家掌声有请我的搭档许曼妮！"

我腾地一下从位置上跳起来，比曾经被老师喊起来回答问题还要惊慌失措，我一脸迷茫地回头环顾了一下整个教室，台下的上百个同学爆发出了热烈的掌声和欢呼声，这声浪和场面差点让我当场昏厥。

我心想，崔世豪这浑蛋不按套路出牌啊，刚答应不用我表演，却假惺惺地让我坐在第一排，等要表演了再当着所有人的面喊我名字让我无法拒绝他，简直是禽兽不如。

事已至此，我也索性豁出去了，虽然从没在这么多人面前唱过歌，但前一天当着那么多人的面连架都打了，羞耻心对我来说早已荡然无存，而且我就随便唱唱，把他们都唱跑了最好。

于是我走到讲台上，拿过话筒，冲着台下僵硬地笑了笑，然后狠狠地踢了旁边的崔世豪一脚，让他开始。

随着他弹完前奏，我有些漫不经心地唱了起来："时光是琥珀泪，一滴滴被反锁，情书再不朽，也磨成沙漏……"

一开口我自己都惊呆了，自己的女声通过话筒响彻整个教室，清澈而动听，而这首很多年前听过的歌，每一句歌词居然都记得清清楚楚，一曲终了，教室里安静得一点声响没有。几秒钟后，雷鸣般的掌声与口哨声才划破这份宁静。

我有些愣神，面颊滚烫滚烫的，像喝醉了酒一般，沉浸在这种氛围中无法自拔，心里有惊喜有兴奋，也有疑惑，我从没想过许曼妮居然有一副好嗓子，更没想到第一次在这么多人面前表演居然会有这么好的反响。

下台以后，崔世豪对我表示由衷的感谢，他说："今天现场的效果真是太好了，咱俩不如弄个组合去参加下个月的校十佳歌手大赛好了。"

我依然没从刚才的那种感觉中缓过神来，不过我的脑袋还是有理智的，我故意板起面孔严肃地对他说道："你可别得寸进尺，今天我只是脾气好才帮了你，刚你套路我我还没找你算账呢。"

"对了，高子恒昨晚几点回去的？"我忽然想起了什么，于是问他道。

"早上七八点吧……啊，原来你们俩在一块儿啊。我的天，我就说他怎么——"

"嘘嘘嘘……你喊什么喊，昨天我们就一起吃了个夜宵。"

"不可能，昨晚那么大的暴雨，你们去哪儿吃夜宵？"

"行了，你别问了，这事儿你替我保密。"

"我的天，我收了你那二十块得替你保守多少秘密啊？"

"你有什么意见？"

"没什么，不如你也答应我一件事情吧，以后每周六晚上都来草坪参加我们协会的活动，你唱歌真的太好听了。"

"行吧行吧，我先走了。"

告别崔世豪，走在夜晚校园的路上，我感觉身体轻飘飘的，这种被大家喜欢与欣赏的感觉真的太棒了，以前我以为在游戏里掌控全场被队友夸赞是人生中最开心的事情，直到今天才知道游戏里发挥得再出色，得到的不过是另外九个人的仰慕，而舞台上得到的可是至少成百上千人的称羡，这真的是无法比拟的。

然而这种快乐并没有持续多久，理智告诉我，无论如何我都不能再登上舞台，虽然这对我来说是全新的体验，但我的身份不允许我做这种大出风头的事情，假如我有一天变回了范进，也注定会失去这一切，曾经拥有肯定是远比从未获得更加令人痛苦。

回到宿舍后，我一开门发现柳小絮回来了，坐在椅子上看着电脑的她扭过头来冲我眨了眨眼睛，又转了回去，好像什么都没有发生过一样。

"那个……你的身份证我已经放在你桌上了。"

"嗯，我看到了。"

"我……和郭凡之间真的没什么。"

"你跟我说这些干什么，这话应该和何艾说，不是吗？"柳小絮一脸的疑惑。

"我们俩已经和好了。"

"那挺好的啊，为什么要特意跟我说这些？"她脸上的表情依然很自然。

"没什么没什么。"

回到自己的桌子前，坐在椅子上，我整个人都不好了，觉得心里堵得慌。不得不说柳小絮这个人真的厉害，令人完全捉摸不透，之前跟何艾有矛盾的时候，觉得何艾很可怕，现在随着对她的了解，才知道这种把喜怒好恶都写在脸上的人简直是一股清流啊，你完全不必担心她会说什么违心的话，说削我就真的会把我摁在地上削，绝不食言，诚信可靠。

而柳小絮这种喜怒不形于色的人，你永远无法知晓她的真面目，也不知道她对你说的哪些话是真心的、哪些话是假意的，前一天还跟你聊天借你卫生巾，改天就背后捅你一刀说你去泡别人男朋友了。

最可怕的是我甚至不知道自己到底哪里惹到她了，我好端端的怎么就被她看不顺眼了呢？

正在发呆，忽然手机开始响个不停，我打开微信一看，是崔世豪把我给拉到了一个吉他协会的聊天群里。他在群里一说我是当天唱歌那姑娘，顿时几十个人给我发送好友申请要加我为好友。

我心里暗骂崔世豪这小子还真的是喜欢给我添乱啊，我当然是一个也不可能给通过，不然以后每天被这些人骚扰还得了？正当我埋头在那儿一个个地把好友申请删掉的时候，何艾从外面回来了。

"你咋样了，好点了没？"我问她道。

"烧退了，刚去拿了点药。"

"那就好。"

"话说许曼妮，没想到你还有这么一手啊。"她走过来捶了我的肩膀一下。

"啊？什么意思？"我回过头一脸茫然地看着她。

"你还不知道啊，你唱歌的视频被人发到了网上，好多人都转发了呢。"

"啥？"

我连忙打开电脑，上微博看了看，果然我刚才唱歌的视频被人发了上去，短短几个小时已经有了好几百的转发，要命的是连学校官方微博都转了，我抹了抹脸，心想这可麻烦了。小心翼翼地点开评论一看，很多人都在问这个女生是哪个学院的，想认识，更糟心的是居然还有人说："哎，这好像是昨晚在学校门口打架的那姑娘啊。"

"不错嘛，看来你要火了呢。"我扭头一看，柳小絮不知何时站在了我旁边，她倚在桌旁看着我的电脑屏幕，嘴角露出了不可名状的深邃笑容。

Chapter Five

第五章 ▶

∽∽∽

我不得安逸，不得平静，也不得安息，却有患难来到。

周一的清晨，我站在公共浴室的镜子前梳头发，盯着里面的那个身影，不知不觉发呆很久。

从范进变成许曼妮也有一段时间了，除了在那个永生难忘的下午的匆忙一瞥，这些日子我并没有好好地照照镜子，认真地审视一下里面的这个人，与其说是不想，不如说是逃避，不敢去面对。

这种与现实巨大的抽离感让人有些恍惚，她到底是不是我、我到底是谁、这一切究竟是怎么发生的，随着生活的继续，我没有再去纠结这些问题，但它们始终伴随着我，似鬼魅般如影随形。

心理学上说，人在面对巨大变故时，会经历五个阶段——否认、愤怒、讨价还价、抑郁和接受，然而我似乎并没有这么明显的阶段性特征，而是这五种状态同时矛盾地存在于内心里，每天都在经受各种不同的挣扎与波动，偶尔感到些许恐惧。

其实恐惧这种东西，从来都是源于未知，就像人们恐惧死亡，在某种意义上，是因为活着的时候不能知晓死后究竟是什么样的。我此刻最大的恐惧也在于此，关于未来我真的一点想法也没有，只能过一天算一天。

不过，仔细想想，自己也算运气好，大学真的是我最好的庇护所，在这里没人在意你的身份，也没有强加于你的目标与任务，你可以选择自己的生活方式，也可以选择你想融入的圈子，每个个体都自由而自主，假如我现在还在上高中或者已经毕业，开始工作，一定会过得万般艰难。

梳洗完毕，我到了教室。因为这天到得比较早，教室里还没几个人，我一眼就看到高子恒独自坐在教室最后一排的角落拿着书背单词，于是走过去拍了他一下。

"早啊。"我对他说道。

"早，今天你来挺早的嘛。"他放下书，瞥了我一眼。

"不想再坐第一排了，压力太大了，话说你今天怎么自己一个人先来了，崔世豪他们呢？"

"你的交际能力真的不简单，视频我看过了，唱得不错，你俩也配合得挺有默契的嘛，你再努努力，很快就能把我们宿舍的男生给认全了。"

"你这叫什么话，我认识他完全是因为偶然好吗，而且现在宿舍不就只有你们俩吗，我已经算都认齐了，好吧？"

"啧……等一下，你怎么知道……我们宿舍现在只有我和崔世豪住？"高子恒愣了一下，有些狐疑地问我。

"噢，我听崔世豪说的啊，你们宿舍原本就只住三个人，而且有个男生这学期生病了没来。"我的心差点从嗓子眼里跳出来，不过好在这种情况遇到多了，反应也算是游刃有余。

"我怎么总感觉你是间谍啊，把我们的情况都摸得这么清楚，让我有点害怕了啊。"

"作为新生，积极地融入集体有什么不对？还说我是间谍，我看你是得了被迫害妄想症，整天疑神疑鬼的。"

"得了吧你，希望你早点跟我坦白，不然我每天晚上都睡不着。"

"对了，那天晚上你几点走的？"

"六点左右雨停了我就走了。"

"你就在地上干坐了三四个小时？"

"也不算'干坐'吧，至少身上是湿的。"

"真的矫情，洗个澡睡一会儿不行吗？"

"你想害我啊？你这……噢，我知道了，你是我女朋友特意派来考验我的吧？"

"高子恒，你病得不轻，该治治了。"我白了他一眼，找了另一个角落的位置坐了下来。

不一会儿，崔世豪来了，他笑得像个二傻子似的跟我打招呼。我对他竖了个修长的中指，意思是，你这个畜生就知道给我找麻烦。谁知道他可能是看错了，以为我对他勾手指呢，于是他往我这儿走过来了。

"怎么了，你叫我干吗？"他摇头晃脑地问我道。

"你也病得不轻，你看清我竖哪根指头了吗？"

"你干吗对我老这么凶巴巴的……不过我知道这不是你的本心，你这人就是刀子嘴豆腐心。"他还在那儿笑嘻嘻的。

"不是，你这一大早的说什么骚话呢，一嘴腥气，你早餐吃烤腰子了吧？"我掏出课本，拍了一下桌子，说道。

"好了好了，知道你今天心情不好，迎新晚会的事情包在我身上就是，改天我选好歌再约你排练。"崔世豪拍了拍胸脯，转身就准备走。

"你等会儿！"我一脸惊愕地喊住他。

"又咋了？"

"什么迎新晚会什么节目？"

"你不是报名参加下周我们学院的迎新晚会了吗，还说要和我一起表演？"

"我怎么不知道？你听谁说的？"

"这……柳小絮昨晚发信息跟我说的，她说是你向她报的名，我纳闷儿你怎么没先跟我说呢，不过想到我们俩第一次合作就这么完美，应该没什么问题，所以就同意了。"

我心里暗叫不好，这回又被柳小絮暗算了。之前忘了说，她其实还是我们学院文娱部的部长，负责各项文娱活动的组织与策划。我们学院每年新生入学都要在第一个月举办一场迎新晚会，而文娱部长负责节目的报名以及审核工作，柳小絮这意思是要强行让我上台表演，但我真不知道她瞒着我搞这一出究竟出于什么目的。

我本想去和柳小絮当面问个清楚的，但她到达教室时已经快要上课了，我只好忍到下课再去找她。

怎料一下课，没等我起身，柳小絮就直接走到我的面前。

"许曼妮，我帮你报名参加了今年学院的迎新晚会，因为下周就要演出了，我们系的节目还不够，看你唱得那么好，我就替你报名了。作为我们学院的新生，你一定也想很快被大家认识吧，这是一个非常好的机会，你这么有才华，我相信你一定可以大放光彩的。希望你能好好准备一下，期待彩排的时候再看到你出色的表现哟。"她笑着对我说道。

听她一字不顿地说完这番话，我坐在椅子上被镇得一句话也说不出来。

不得不说柳小絮真的是个情商很高的人，我原本想了很多话去质问她，她这么跟我说，我完全找不到任何拒绝的理由，真的被逼得没任何台阶可下了，只能弱弱地从牙缝里挤出一句"好吧"。

她走后，我坐在那儿揉着太阳穴，心里既无奈又绝望，总感觉这一切是有什么东西在冥冥之中刻意安排的一样，我越不想引人注目，总有人用各种出其不意的方式套路我，我还是范进的时候怎么就没这种待遇啊？范进尘封的心也想得到万千的宠爱啊。

不过，我更担心的是迎新晚会到底要怎么表演，前几天在吉他协会那次只是临时赶鸭子上架，作为一个完全没舞台经验的人，能在百来号人面前随口唱成那样多半是因为抱着破罐破摔的无所谓心态。而这回让我在上千人面前正式演出，我感觉自己的心理素质还没强到这种地步，光是想象那种场面我就已经双腿瑟瑟发抖了。

所以，柳小絮提前一周把我硬加到节目单里，归根结底就是想看我在这么多人面前出丑吧。

想到这里，我很生气，之前何艾的事情我没和她计较，完全是看在以前喜欢过她的分儿上，时隔没多久她又来整我，到底是什么居心？好吧，既然你如此针对我，我也不念什么旧情了，你甭想看我笑话，这次迎新晚会我就闪耀全场给你看看。

我们学校的正中央有一个很大的湖，名叫"芙蓉湖"，每到夜晚，湖畔四周的草坪便成了情侣们约会的圣地。

作为一个从没谈过恋爱的人，自然是没有这种经历，我平时晚上也不爱去那里溜达，一方面看着这些在湖边抱着"吧唧吧唧"啃的一对对身影来气，另一方面也怕路过时一不小心在黑暗中踩到什么人，惊起一滩鸥鹭。

不过，有人从这里面看到了发财的机会，经常有一些窃贼偷偷溜进学校，专门偷这些在湖边忘情交换唾沫的情侣，因为女生的包、男生的手机在约会时常常就放在身边，尽管离得不远，但在他们闭眼伸舌头的时候谁还会顾及自己的身后呢？几秒钟之内，这些财物很快就会被窃贼们神不知鬼不觉地顺走。

高子恒就被偷过一次手机，不过这蠢货回来时还跟我们说，刚才在湖边手机好像不小心掉进湖里了，但是他不记得自己动作那么激烈过，直到我们提醒他可能是被偷走的，他才摸着胸口长叹一声，幸好刚才女朋友拉着，不然他就下水捞去了。

这天我晚上约了崔世豪到芙蓉湖边，主要是想跟他聊聊下周末演出的事。我在湖边喂了半个小时的蚊子，他才背着把吉他慢悠悠地晃荡过来。

"不好意思，从来没有姑娘主动约过我，我洗澡刷牙浪费了一点时间。"他摸着脑袋显得很不好意思。

我黑着脸对他说："咱俩是来排练的，你不要想歪，这次演出我可不想在全院人面前丢人，希望你重视一点。"

"那个，我刚听说，这次的迎新晚会是三院联办的。"

"啥？"

"是啊，据说因为预算以及场地的原因，今年要和新闻学院还有人文学院一起办。"

我抹了抹脸，心想，怎么都是这种阴盛阳衰的学院。

"那来的人岂不是更多了？"我问他道。

"对啊，就在这湖边的搭建舞台，隆重得很。"

"不行，那我不演了，我从没在这么多人面前唱过歌，我肯定会吓尿裤子的。"我摆了摆手，说道。

"你别紧张啊，其实我第一次上台演出也很慌张的，但是你不要把他们都当人看，也别把自己当人。"

"这叫什么话？"

"说白了就是，不要脸。"

"你我倒是看出来了，但我没这潜质。"

"总之，你先别想那么多，咱先把唱什么确定下来，然后练练看，不行再说。"

"行吧，唱什么？我可不想再唱《情歌》了。"

"你有什么特别喜欢的歌吗，只要你说得出来，我就都能弹。"

"《爱我中华》。"

"你敢唱我就敢弹。"

"好吧，我认真想想……唱《完美夏天》吧。"

"这首歌？"

"怎么了，你不可能不会吧？"

"没，我有一个白痴舍友特喜欢这首歌，天天在宿舍打游戏的时候都哼，跟鬼哭似的，我都听出心理阴影了，不过好在他这学期生病休学了。"

我忍着没打他，让他开始弹，他熟练地弹了几个和弦。我清了清嗓子就开始唱。

"整个夏天，徘徊在你的窗前，等你在微风中出现……"

"出现……"崔世豪也跟着唱了起来。

"停停停……你这啥意思？"我打断他道。

"帮你唱个和声。"

"和你个大头鬼，难听死了，你以为咱是凤凰传奇吗，就安安静静弹你的，别瞎搅和。"

于是我和崔世豪在湖边不知不觉唱了一晚上，从一开始的生疏渐渐找到了一些感觉，在间隙他也跟我说了很多奇奇怪怪的故事，比如"芙蓉湖"原来叫"伏龙湖"，传说湖底有神龙潜伏，因为南方人口音的关系，很多年之后变成了"芙蓉湖"。

我笑他这完全就说不通，南方人会把"芙蓉"说成"伏龙"还差不多，而且这明明就是人工湖，湖底有水鬼我信，有龙的话，你打死我都不信。

其实我和崔世豪的关系算是不错的，不过我们俩从没聊过这些话题，在交谈的过程中我开始觉得，虽然他平常大部分时间都给人一种奇葩的感觉，但至少弹琴时他还是挺有魅力的，我也渐渐了解了他的另一面，他算是个挺有意思的人。

而这些都是作为范进所不能体会到的东西，不知道这算不算是因祸得福。

临回宿舍的时候崔世豪跟我说，想这周末约我去学校外的"蓝调"酒吧。

"干吗？我不会喝酒。"

"不是，我周末在那边驻唱呢，你可以过去试试，先在小舞台上锻炼锻炼，到大舞台上就不会那么没底了。"

"行吧，到时候你给我发信息就是，反正我周末也没什么事，一起打游戏的哥们儿已经被女朋友当狗一样拴起来了。"我脑海里浮现出郭凡那张忧郁的脸，不禁幽幽地叹了口气。

　　如果说当一个假交流生有什么好处的话，那就是我可以随心所欲地选择自己想要去上的课，所有无关紧要的公共课，比如马哲、思修之类的，我完全可以不去，反正老师的点名册里也没有我的名字，我何必在这么热的天里闷在那么多人的阶梯教室里出一身臭汗呢，对不对？

　　尽管翘课的风险几乎为零，但我同样不能宅在宿舍里不出去，一方面一个人在宿舍开着空调烧着电，柳小絮她们早晚会对我有意见，另一方面交流生天天在宿舍里无所事事，早晚也会引人怀疑。

　　因此学校的图书馆成了一个很好的去处，那里有空调，有桌椅，还有各种各样的书可以打发时间，刷范进的卡随时都能进去，这段时间买一瓶水在里头坐一下午成了我最为日常的一种状态。

　　不过，这种好日子没有持续多长时间，只因上周在图书馆遇到一个男生。

　　那天我一个人坐在图书馆靠窗的位置抱着本书看了一会儿就趴在那儿睡着了，一觉醒来发现旁边站着一个男生。

　　"同学，你好，请问这里有人吗？"他指了指我对面的位置问我。

　　我上下端详了一下他，穿着衬衫戴着眼镜梳着整齐的发型，看上去挺斯文。我环顾了一下，四周到处都是空位置，他为什么要坐在这里啊？既然他开口了，我也没法拒绝，便说了句"没人，你坐吧"。

但是他坐下来以后，又不老老实实忙自己的，总是抬眼偷瞄我，我余光一扫到他，他就假装思考问题地望向天花板。我心里明白得很，这个男生大概是想搭讪，我一个直男还看不穿另一个直男的那点花花肠子吗？不过，很遗憾，我对他没兴趣，把我真身告诉他真的不得把他吓死。

我把书竖起来挡了一会儿，他忽然开口跟我聊起天来。

"同学，你是哪个学院的呀？"

"外文，英语。"

"好巧啊，我是中文系的。"

我心想，放屁吧，你倒是告诉我这巧在哪里。

"你看中文系全名叫汉语言文学，英语是英语语言文学，我们都是研究文学的。"他自己解释起来了。

我本想直接起身一走了之的，但之前老听人说直男不会聊天，今天刚好给我遇到一个，我肚里的坏水又开始翻腾起来，心想，不如就假意跟他聊聊，看看直男到底多么不会聊天。

"是吗，那还真是同道中人呢。"我附和道。

"对啊，有句诗说得好，'酒逢知己千杯少'啊。"

我憋着想笑，我都不知道你叫啥名字还"知己"呢，而且这咋还一言不合开始念起诗来了。

"那你知道后半句是'话不投机半句多'吗？"

"同学果然是才女。敢问尊姓大名呢？"

"许曼妮。"我快要憋出内伤了。

"好名字，这个'曼'字，含情流盼，所谓'鄿容生翠羽，曼睇出横波'——"

"不是，我爸喜欢曼联，才起的这个名字。"我无情地打断他道。

他愣了半天，然后才接着说："我叫孙泽宇，话说你是什么星座的啊？"

"兄台，我还有事，青山不改，绿水长流，就此别过了，告辞告辞。"我实在是失去了耐心，对他抱了个拳，收拾东西转身就走了。

但万万没想到，第二天到图书馆，又在那里遇到了他，不知道究竟是巧合还是他故意的。于是他又过来跟我聊了很多不明所以的话题，时不时还掉书袋，直男在女生面前炫耀自己的嘴脸显露无遗。大部分时间我都懒得理他，但是这并不影响他的表现欲，要不是因为图书馆禁止大声喧哗，我都想把他摁在地上暴打一顿了。

本来我几天不去图书馆以为终于把他摆脱了，怎料迎新晚会的微信群把我和崔世豪拉进去以后，一个自称晚会主持的人加我为好友，我通过后才发现原来这个孙泽宇居然是代表人文学院的迎新晚会主持。除了代表新闻学院的另一个女生主持，代表我们外文学院的主持人毫无悬念，是柳小絮。

于是，我不幸的生活就此开始了。加到我的微信后，孙泽宇自然更加肆无忌惮了，总是时不时地问我"在干吗""吃饭了没""怎么不回我了"，我当然基本上都是过很久以后才出于礼貌来一句"没干吗""还没吃""洗澡去了"，这番对话总感觉似曾相识，只不过现在我把曾经别人回我的那些话，通通回给了他。

作为直男，我从未想过被一个男生强行撩原来是这么难受的一种体验，你不理他，拉黑他吧，又显得好像太没有礼貌、不近人情；你跟他说话吧，他所说的那些东西又让你丝毫提不起兴趣，时常还问一些不合时宜的问题，相比起来，高子恒简直可爱多了，而崔世豪虽然满口胡话，但至少听着不那么无聊。

我想，如果上天能够给我机会让我变回范进的话，我或许会成为一个了不起的撩妹高手，因为当了这么久许曼妮，我对女生的心理也开始渐渐感同身受起来。不过，现在说这些都是白搭，变不回来，我这辈子就只能天天被这些直男撩，想想都觉得丧气。

周五晚上吃完饭，崔世豪如约喊我去他唱歌的酒吧一起排练。

"蓝调"酒吧就在我们学校外不到两百米的街边，作为一个不会喝酒的人，我之前完全是因为前一年世界杯期间看球才来过这里几次。酒吧老板是个三四十岁的男人，留着络腮胡子，总是坐在吧台后面笑眯眯的，喜欢和来这里的学生天南海北地聊，看上去挺亲切的。

和崔世豪到这里的时候，里面冷冷清清的，偌大的一个酒吧里只有五六个客人在喝酒，原本放球赛的投影屏幕上放着不知什么老牌摇滚乐队的演唱会，要不是因为昏暗的灯光，这里安静的气氛也许更像一家咖啡厅。

我问崔世豪："你平时就在这儿唱歌呢，都没几个客人，你唱给谁听？"

"这你就不懂了，表演重要的是舞台本身，而不是看有多少观众。我举个例子，你看有的系上课总共就那么六七个学生，老师在台上一样讲得激情澎湃，难道因为听众少就不认真讲了吗？"他一本正经地对我说道。

"这两者之间……有什么本质关联吗？"我听得一头雾水。

"你仔细体会一下，这是一种精神，很内在的。"

"我体会不到，而且你今天带我来说好是让我练胆的，这几个观众如何练出在上千个观众面前表演的胆量来啊？"

"现在不还早吗，这才晚上八点多，到十点以后人就多了，而且你也得习惯一下用话筒和音箱唱歌的感觉，和清唱完全不一样的。"

于是，崔世豪拉我过去和老板打招呼，说当天晚上我和他一起表演。老板很爽快地就答应了，趁崔世豪去调试设备的时候，他还和我聊了一会儿。

老板说我可以叫他"老张"，他年轻时候搞过乐队，是一个架子鼓手，后来乐队解散了，他就在学校旁边开了这家酒吧。酒吧生意其实也就一般般，但他也不是为了赚多少钱，除了打发时间外，能够和这么多年轻人聊聊天，听听他们唱歌，他就已经很开心了。

崔世豪调好设备后，我走到舞台上，坐在高脚凳上拿起话筒，清了清嗓子，环顾了一下四周，只看到空荡荡的桌子，在角落喝酒的几个哥们儿还在热火朝天地摇着骰子，根本没空儿搭理我们。

我有些尴尬地转头问抱着吉他的崔世豪："我们唱点啥？"

崔世豪说："就唱《完美夏天》吧，趁没什么人先练几遍。"

于是，我们开始排练。因为基本没有观众，我也表现得很放松，第一次用话筒唱歌，听自己的声音从音箱里传出来，感觉还是蛮神奇的。从小都是在台下看别人演出的我，从没想过自己会站在舞台上，聚光灯照在自己的身上，整个世界好像都与我无关，我只需要沉浸在音乐里就可以了。

正当我开始有点自我陶醉的时候，两个身影走进了酒吧。我定睛一看，话筒差点掉在地上。

其中一个是高子恒的女朋友，而另一个男生我从未见过，他们俩有说有笑地走进来，然后坐在离舞台最近的桌子旁。

"太好了，今天有人唱歌呢，我们坐在这儿听吧。"她对旁边的男生说道。

我一开始还以为是因为聚光灯太亮把我晃得认错了人，但这个声音我是不会认错的，那天在衣柜里听了那么久，听得那么刻骨铭心，我怎么可能忘掉呢，对不对？

见我愣在原地没接着唱，崔世豪在旁边拍了我一下，问我是怎么回事。

我有些僵硬地拿胳膊肘捅了捅他，拿头往那边指了一下，但是崔世豪还是一脸的茫然。

我这才想起来，崔世豪和高子恒女朋友从来没见过面，之前我们偶尔一起吃过饭，他都不在场，也难怪她看到崔世豪还敢大张旗鼓地走过来。

我脑海里想的都是他们俩到底是什么关系，高子恒女朋友该不会是劈腿了吧？可是之前听他说都还好好的，总不至于这么快吧。

然后我忽然想起来一个细节，郭凡跟我出来打游戏那天晚上，是跟何艾说他有事得提前回宿舍，而高子恒前来拉架后，跟我说他出现在那里也是因为女朋友有事先回宿舍了，这巧合的理由真让人细思极恐。

"不就多了两个观众吗，你至于紧张成这样吗？"崔世豪凑过来对我小声耳语道。

我扭头做了个凶他的表情，让他继续弹，来一首莫文蔚的《他不爱我》。

在唱的过程中，我特意观察了一下台下两个人的反应和状态，他们不仅没有尴尬，反而看上去很自然，而且听着听着居然十指紧扣。我抬头望着天花板，想到高子恒，差点把自己唱哭。

一曲终了，崔世豪拍了拍我的肩膀，对我说，这首唱得可比《情歌》好多了，感觉状态越来越投入了，就像在唱自己的故事一样，还问我是不是曾经受过什么情伤，才唱得如此感人。

我长叹一声，对他说："我没什么感情经历，我只是此刻忽然能深刻地体会到那些在感情中受到伤害的人是一种怎样的心情。再来一首郭静的《陪着我的时候想着她》吧。"

我又唱了几首苦情歌。高子恒的女朋友和那个男生喝了点东西就走了。酒吧里的人也开始渐渐多了起来，而我却感到意兴阑珊，跟崔世豪说我不想唱了，走到吧台那里坐了会儿。我想给高子恒发信息，却始终不知道要怎么开口。

反正问了也是白问，他肯定是被蒙在鼓里，作为许曼妮，我没有任何义务和身份去向他告密，只是作为曾经的好哥们儿范进，我打心里替他感到难过。感情这东西到底是个什么玩意儿，我实在是无力也无法参透。

可能是见我有些惆怅，老张调了一杯鸡尾酒放在我的面前，跟我说这杯是他请我的。

"我酒量不行，喝不了。"我对他摆了摆手，说道。

"这是'莫吉托'，酒精含量很低的，你可以喝一口尝尝。"

我端起来抿了一口，觉得味道确实不错，有一股淡淡的薄荷与青柠的味道。

"老张，你结婚了吗？"我问他。

"没有，我甚至都没有女朋友呢。"他冲我笑道。

"为什么不找一个呢？"

"年轻时谈过不少恋爱，后来慢慢开始觉得爱情并不是生活的必需品，李志不是唱过吗，'爱情不过是生活的屁，折磨着我也折磨着你'，开始的时候总是充满新鲜与激情，日子久了退却了，都变成了刺。"

"所以，你打算就这样一直一个人吗？"

"人这一辈子，没有那么多的打算，都是走一步看一步，谁知道明天会发生什么，考虑得越多，烦恼越多，要知道世界上除了一件事情是可以确定的以外，其他的都只是假设。"

"什么事情？"

"那就是，每个人都能成功活到死的那天。"他意味深长地冲我笑道。

迎新晚会的日子越来越近，这段时间除了每天上上课，晚上找崔世豪练练歌，基本上没有什么大事，只是我每次见到高子恒，都会有意无意地避开，与其说是不想面对他，不如说是不敢，怕跟他多说几句话，怜悯的眼神就会不由自主地把我出卖。

作为晚会的策划兼主持人，柳小絮这些天很少待在宿舍里，我原本以为她在审节目和彩排的过程中会故意为难我，但她在这些环节都没有出现，这让我不禁稍稍松了一口气，我开始有些怀疑自己是不是对她的目的过分揣测了。

迎新晚会那天傍晚，在食堂吃完晚饭路过湖边，看到搭建完毕的大舞台，以及已经开始忙碌的工作人员，我的心也开始扑通扑通地狂跳起来，这种如临大敌的紧张感甚至远远超过当年高考前一天看考场时。

　　由于八点晚会就要准时开始，我得赶紧回宿舍换衣服、化妆。在家的那段时间，徐小曼曾经想要教我怎么化妆，但因为疏懒，我压根儿就没学，而来学校这一个月我天天素面朝天地出门，如今我只好求何艾来帮我化一个。

　　"其实我早就想说你了，许曼妮，你居然从来不化妆就出门，今天才知道你原来是根本就不会，你真的是个女人吗？"何艾一边翻着她的化妆包，一边对我说道。

　　我坐在椅子上不知该作何解释，只能搪塞地说，我不喜欢用化妆品，我的皮肤比较敏感，容易产生反应之类的话。

　　"那口红之类的总该有用啊，你一般用哪个牌子哪个色号的？"

　　"色号？什么色号？"

　　"算了，不问你了，不知道该说你是一股清流还是直男一枚。"

　　然后，我洗完脸就闭着眼睛让何艾帮我化妆，涂隔离霜、打粉底、画眼影、描唇线、涂口红、夹睫毛，我只感觉脸上一通折腾，心想，这些姑娘每天早晨出门前都要做这么多工序，如果不是真心爱美，真的是没有这种动力啊，而且晚上回来还得卸半天妆呢。

　　化完以后，我睁开眼睛到镜子前一照，整个人瞬间惊呆了。原来许曼妮化完妆和不化妆差别这么大啊，五官变得更加立体了，真的是比原来好看了。我站在那里有些神经质地傻笑了半天。

　　"怎么样，化完妆感觉不一样了吧？"何艾对我笑道。

　　"嗯啊。"我在镜子前不停地换着姿势道。

"行了，别臭美了，赶紧去吧，晚会要开始了。"

我一看时间，已经七点半了，于是赶紧换好衣服下楼了。到湖边一看，已经坐满了观众，我在舞台背后找了半天，才看到穿着T恤和短裤坐在地上的崔世豪。

"大哥，你咋还没换好衣服啊？"我问他道。

"换好了啊，我就穿这个上台啊。"他一脸茫然地看着我。

"拜托，你能不能换个稍微正式点的衣服啊，整天就知道T恤、短裤的。"

一说完，我自己忽然语塞了，因为这番似曾相识的话曾经是徐小曼用来数落我的，再回想起刚才站在镜子前臭美的自己，我觉得范进这算是快要彻底完蛋了，基本上是要从内到外被完全同化成女人了。

"没事，反正主角又不是我，我就一坐在旁边伴奏的，谁看我啊？"

"对了，我们第几个出场？"

"刚看了一下节目单，好像是倒数第二个出场，压轴。"

我倒抽了一口凉气，走到一旁靠近湖岸的草地上，想要吹吹风缓一缓，却遇到了在这儿悄悄说着什么的柳小絮和孙泽宇。

他们俩转头看到我时显得很惊讶。孙泽宇冲我笑了笑，有些不好意思地走开了。柳小絮穿着一袭紫色的晚礼服，脚踩着高跟鞋，散发出的端庄气质无可挑剔，她在我这身学院风的装扮面前，显得更像今天晚会的主角。

"今天化了妆看起来挺好看的。"她抽着一根细长的烟，对我说道。

"嗯啊，你也是。"

"一会儿好好表现噢，我特意把你的节目放在后面，别让大家失望。"她的表情轻松自然，我从中读不到任何的情绪与信息。

不久，晚会正式开始了，因为节目靠后，我和崔世豪在后台不知候了多久的场，两个人闲着无聊，又把要唱的歌练了几遍。

等到临上台的时候，崔世豪却忽然不见了。我急匆匆地找了他半天，他才一路小跑过来告诉我他去上了趟厕所，我骂他简直是上阵屎尿多，催促他赶紧去把琴拿来，下一个节目就是我们的了。

怎料他拿琴过来时，一脸苍白地对我说："糟糕了，我的琴弦不知为什么断掉了。"

Chapter Six

∽∽∽

疑惑的人，就像海中的波浪，被风吹动，翻腾。

"你在逗我吧？怎么搞的啊？"我一下子便慌了手脚。

"我也不知道啊，刚去上厕所前还好好的，回来发现弦断了两根。"

"那怎么办，现在换来得及吗？"

"肯定来不及啊，而且整场晚会就我们是弹唱的节目，连借吉他都没地方借。"

"伴奏带呢？"

"这歌你让我去哪儿临时找伴奏带啊？"

"完了完了……"

正当我和崔世豪像热锅上的蚂蚁一样在那儿焦急而无助地商讨对策时，舞台上传来了柳小絮报幕的声音："下面有请来自外文学院英语系的许曼妮与崔世豪为我们带来精彩的吉他弹唱：《完美夏天》。"

我和崔世豪面面相觑，但台下已经传来了掌声和欢呼声，无奈我们俩只好硬着头皮走上了舞台。

一步一步走到舞台的正中央，灼热而刺眼的灯光让我几乎睁不开眼睛，我不知所措地环顾了一下台下黑压压的观众，心里默默念叨着今天肯定是要完蛋了。本想回头望一眼崔世豪，看看舞台经验丰富的他要怎么应对，怎料他的表情显得比我还要迷茫，坐在那儿两条腿都在颤抖个不停，见我看他，他摇了摇头，意思大概是，我还能怎么办，我也很绝望啊。

就这样僵了足足一分钟，台下的观众已经有些骚动了，我头上出的汗也几乎要把妆给花了。我深吸了一口气，心想，自从变成许曼妮后，也算是经历过不少风浪，该丢的脸也丢得差不多了，事到如今，既然命运注定如此多舛，不如索性豁出去了吧。于是我拿起话筒清了清嗓子，直接清唱起来。

可能是被我的勇气感染，崔世豪也抱起他仅剩四根弦的吉他弹了起来，虽然声音有点奇怪，但勉强还能听，唱了几句之后，观众们也开始鼓掌，和起了拍子，气氛终于步入了正轨。

随着歌曲的演唱，我渐渐感到不那么害怕了。彻底放开后，我在舞台上变得更加自信起来。一曲终了，全场掌声雷动，在往台下深深鞠了一躬后，我仰天长长地舒了一口气，默默地想，这一切终于结束了。

怎料事实证明我还是太过天真，正当我刚想回头跟崔世豪击掌庆贺准备下台时，却发现不知何时柳小絮已经走到了舞台的中央。

"许曼妮同学，请留步，虽然我们的晚会马上就要结束了，但是今天还有一个非常重要的环节。刚才在台下的时候，有一个人告诉我，他今天想借着这个舞台，把一件非常重要的事情当面告诉你，你能猜到他是谁吗？"

台下的观众听到这话，立刻爆发出了巨大的欢呼与口哨声。接过话筒的我整个人都傻掉了，心想，这到底又在玩哪一出啊，之前彩排的时候可没告诉我有这个环节啊。

"高子恒？"我脑子一短路，随口就说出了这个名字，但话一出口我就后悔了，因为我无意瞟到人群中的高子恒正和他女朋友坐在一起，两个人听我这么一说，更是惊讶得合不拢嘴。

"很可惜，没猜对哟，其实他今天也登上过我们的舞台，现在我们再把他请上来。"

我扭头一看，孙泽宇拿着一束花一步一步地朝舞台走了过来，于是我顿时明白这是怎么回事了，但是这时候逃跑已经来不及了，只能强忍着痛苦站在那里，面对即将到来的能够预料到的一切。

"许曼妮同学，自从我第一次在图书馆见到你，我就喜欢上了你，在后来跟你聊天的过程中，我更深深地感到我们有着契合的灵魂，所以，你能做我的女朋友吗？"

这时候拿脚指头想都知道台下的观众已经疯成什么样子了，我能明显感到脚底的舞台几乎都要被声浪震塌了，毕竟这年头什么都缺，就是不缺看热闹不嫌事儿大的，当众表白这种节目从来都不会过时，更不要说在大学里，必然是要比什么迎新晚会本身更加博人眼球。

然而，就当所有人都以为我要答应的时候，我做出了一件惊世骇俗甚至极有可能被载入史册的事情，因为我大致已经猜到这一切的始作俑者到底是谁了，所以，在大家都在瞎起哄的时候，我已然默默盘算好了。

我很淡然地接过花，然后对着话筒说道："孙泽宇，你是一个好人，但有一件事情你可能不知道，那就是——其实我喜欢女生。"

台下顿时被惊得鸦雀无声。

然后，我转身把花递给了柳小絮，然后对她说："柳小絮，自从在宿舍见到你的第一天，我就喜欢上了你，我想跟你在一起。"

柳小絮瞪大了眼睛望着我，表情瞬间凝固了，这还是我第一次见到她如此惊慌失措的神情。

至于台下的状况嘛，已经失控到无法用人类的任何语言去形容了，只需要想象一下一群人在马路上亲眼看到神降临时的反应，你就能够大致了解了。

最后，因为场面实在太过混乱，另一个主持人只好上来救场，报晚会最后一个节目的幕，并把我们全都请下了台，这场闹剧才算匆匆结束。

下台以后，因为不想接受任何人的目光洗礼，我脚底抹油便直接开溜了。一直跑到远离人群的一棵树下，我才歇了口气，没想到却在这里遇到了正在蹲着抽烟的崔世豪。

"你真的太牛×了。"他抬眼望了望我，然后冲我比了个大拇指，说道。

"有多牛×？"我勾了勾手指，向他要了根烟。

"从今以后你就是我大姐，小弟我以后就跟你混了。"他连忙掏出打火机，殷勤地帮我点烟。

"有这么夸张吗？"

"我的天，就你刚才的临场反应，我给九十分。"

"你说唱歌还是表白？"

"当然是唱歌啦，表白我要给九百分，虽然不知道到底发生了什么情况……不过，话说你真的喜欢柳小絮啊？"

"得了吧，我跟她之间还没完呢。"

其实，崔世豪说得一点没错，在这个了不起的夜晚，许曼妮一战封神，成了一个传说，但是我内心没有丝毫的喜悦或得意，因为我知道成神必然也伴随着渡劫，这一切只是开始，我要去面对的考验远远没有结束。

迎新晚会之后，我的生活毫无意外地发生了一些变化。

首先，可以肯定的是，我成了所有人议论的焦点，一个新来的交流生在舞台上被表白本来就够惊世骇俗了，没想到居然在拒绝后当着所有人的面"出柜"了，"出柜"对象还是另一个话题女王柳小絮，这真的是闻所未闻的大新闻，这让我很长一段时间都不得不戴着口罩去上课，以免在路上被人认出来。

也是因为这件事，我和柳小絮之间的关系变得更紧张了，毕竟我成了舆论的中心，她必然也伴随着我成了谈资的一部分。自从那天回到宿舍后，她再也没跟我说过一句话，连正眼都不再瞧我一眼。何艾在私下里对我赞不绝口，说我干得漂亮，那天晚上发生的事情显然都是柳小絮一手策划好的，我给她一个教训没毛病，不然她会一直觉得我好欺负。

不过，我细细回想起来，确实发现了很多不对劲的地方，崔世豪的弦是不是她弄断的我不知道，演出前她和孙泽宇在湖边的对话必然有猫腻，况且整场晚会都是她策划的，她能脱得了干系吗？

不过，她一直以来的这些行为真的太古怪了，如果说她只是单纯排斥一个新来的交流生，犯不着用这些手段来让我混不下去吧，要说嫉妒吧，她各方面都比我强，我并没有威胁到她任何的利益啊。

但我没有太多的精力去思考这些问题，因为还有更加让人崩溃的事情。那天晚上我在舞台上无意说出高子恒的名字，也把他给害惨了，听人说，他和他女朋友为此大吵了一架，分手了。本来他们两个人之前因为那条短信，关系就很僵，我又在舞台上认为要表白的人是高子恒，她不把两件事情联系起来才怪呢。

我很不屑地想，这根本就是故意找借口，而且是极其低劣的贼喊捉贼，她估计等这个机会已经等了很长时间，就算不是我，她也会找别的借口把过错归到高子恒身上，让自己觉得好过一点。

可是高子恒这个依然蒙在鼓里的傻子显然没有放过我的意思，翘了几天课，不见踪影的他这天傍晚忽然出现在女生宿舍园区的门口，显然是等着堵我的。

我远远望见他后，本想避开的，但想了想，还是走过去拍了一下他的肩膀。他转过来后，我差点笑出声，头发凌乱的他红着眼睛，嘴边的胡楂都没有刮干净，和他平时的儒雅形象完全不符，更像一个落魄的流浪汉。

"许曼妮，你还有脸笑得出来？"他显得很生气。

"高子恒，你先别生气，我知道你可能遇到了一些感情问题，但这对你来说也许并不算什么坏事。"

"你哪来的立场说出这样的话？从这学期还没开始你就害我，现在我分手了，你满意了吧，你到底有什么目的？"

"大哥，你先冷静冷静，咱找个地方坐下说，行不行？"

于是我把高子恒拉到食堂里，点了很多东西放在桌上。他显然是好几顿没吃，饿坏了，埋头就狼吞虎咽起来，一直吃到噎住才停下来。

"我说，你慢点啊，话说你就算失恋了也不用这么糟践自己吧？"我递给他一瓶水，说道。

"我和她在一起都快六年了，就因为你出现的这一个多月我俩就完蛋了，你觉得我能好到哪里去？"

"我跟你说，很多事情可能确实有我的责任，但我肯定不是根本原因，顶多是个导火索，你有没想过她可能爱上别人了？"

"话说许曼妮同学，你以为你是谁啊，你凭什么说这种话？"

"行，高子恒，这可是你逼我的，我前段时间看到你女朋友和别的男生在一起。"

他明显愣了一下，然后连忙问我究竟是怎么回事，于是我把那天在"蓝调"酒吧发生的事情都跟他说了一遍。

"这……你在骗我吧，而且你怎么会认得我女朋友，你之前见过她？"

"得了，事到如今，我也没必要跟你再隐瞒下去了，我不是许曼妮，我是范进。"

听到这里，高子恒嘴里的水差点喷到我的身上，幸好我反应快，瞬间便抓起餐盘挡住了脸。

"你神经病吧？"

"你才神经病！"

"你居然还认识范进？"

"我说了我就是范进，不是认识，老子就是在你对床睡了两年的范进，你个高子恒，我真的要被你气死了，我不是因为生病才休学的，而是因为我变成女人了。我回学校一开始只是为了好玩，但没想到这个月发生了太多出乎意料的状况。"

高子恒用一个极其扭曲而古怪的表情打量着我，然后身体不由自主地向后倾，一句话也说不出来，这和当初徐小曼第一次看到我这个身体时的反应简直如出一辙。

"行了，我不想多说些什么，我刚说的都是事实，是你女朋友先劈腿的，责任在她，而不是你。既然她已经不喜欢你了，你就想开点，别再跟自己过不去了。作为哥们儿，我只能这样劝你了。至于我是范进的事情，我知道现在让你接受还有点难度，以后我再慢慢证明，你暂时替我保密吧。学校里现在就你一个人知道，我先走了，你多吃点。"

于是我起身就走了，留下高子恒一个人在那里发呆，因为最初让徐小曼接受我就是范进的经验告诉我，这过程真的太艰难太痛苦了，所以我也懒得去跟他慢慢做什么哲学思辨式的对话了，索性让他自个儿慢慢消化吧。

回到宿舍后，我感到有些疲惫，心里有种说不出的苦闷。刚爬到床上想要躺一会儿，手机却响了起来，拿起来一看，居然是徐小曼打过来的。

"真是难得，你居然会主动给我打电话。"我蒙在被子里有气无力地对她说道。

"范进啊范进，我看你真的是有点失心疯了。"

"此话怎讲？"

"你知道你已经出名到什么程度了吗？我一个室友昨天跟我说，她在你学校的一个朋友告诉她，有个姑娘在迎新晚会上当众'出柜'。我一看，她发来的视频居然是你，你到底在搞什么啊？"

"之前不是你让我去面对新生活吗？"

"我的意思是，你要积极生活，乐观向上，不是让你去搞什么行为艺术，而且你不是已经不喜欢女人了吗？"

"唉，说来话长啊，我只能说现在局面有点失控了。"

"我看，你还是准备准备，随时跑路吧，万一你身份败露了就糟糕了。"

"可我现在已经不在乎了，就算败露了又怎么样，他们只知道我不是交流生，大不了被赶出学校嘛，到时候再回家待着呗。"

"这正是我担心你的地方，你其实还是在逃避，你看你这么长时间都没有变回范进，我觉得你要有永远当许曼妮的准备了。如果在学校里你都没法和别人相安无事地混下去，以后的人生你要怎么办？"

"这问题太难了，我不想回答。我知道你说这些是为我好，但是我真的需要一点时间去适应。"

挂了电话以后，我的心情更加压抑了，其实最近很多时候我都会想，不如就这样永远当许曼妮吧，也挺好的，无论男女，不过是一副皮囊罢了，日子还是要继续下去的。

然而生活从来都不会因为你的皮囊而对你有丝毫的温柔或怜悯，一开始的新鲜感消失殆尽后，所有需要去面对与解决的问题依然摆在那里，让你不得安宁。

这段时间没有什么新闻，随着时间的推移，人们对我的议论似乎终于渐渐平息下来，而我之前所担心的事情并没有发生。

这些日子我过得有些颓废，除了每天上课，偶尔翘课，大部分时间都和崔世豪这个废物待在一起，去酒吧唱唱歌，参加他社团里的活动。我现在忽然发现社团真是个好地方，原本以为这不过只是个大家一起追求共同兴趣爱好、顺便找找对象的地方，但现在感觉这更像一个精神互助小组，把一群在学业与生活上都不相关的失意者凑在一起寻求一个共同的精神寄托。

之前说过每周六晚上吉他协会都会在女生宿舍楼下的草坪上围成一圈弹琴唱歌，还经常被楼上的女生泼水。这种活动我原本是从不参加的，可因为生活太过无聊，从上周开始我也跑去和大家一起玩，还别说，夜晚在草坪上坐着唱歌聊聊人生的感觉还是挺不错的，尽管我从来都不是什么文艺青年，也没做过什么浪漫的事情，但在夏夜听着音乐吹着风看看星星是所有人都不会拒绝的一种惬意体验。

由于之前的事情，我在社团里也算是名人了，因此到场后总是会吸引很多的目光，脸皮已然厚出境界的我自然不会在意这些，自顾自地唱歌，一脸的云淡风轻。

这天晚上活动快要结束的时候，见其他人差不多都已经回宿舍去了，崔世豪忽然很伤感地跟我聊起他之前的感情经历，也就是被德语系那个姑娘拒绝的故事。

其实这个故事我是最清楚不过的，毕竟当时作为室友的我可是亲眼见证了全程，当时他被人家扇耳光的时候，我也在一旁，现在回想起来还是要替他默哀三分钟，因为那耳光真的是太响亮了，我几乎都能亲身感受到那一巴掌打在脸上究竟有多疼。

不过，对这件事我觉得也有自己的责任，当时怂恿他去表白的人里也有我，但被孙泽宇在迎新晚会上当众表白后，我顿时就理解了这种行为多么愚蠢。表白这东西又不是买彩票，你试着去买，中了就中了，不中就拉倒，接着再买，这只是一档余兴节目，只适用于那些本来就互相喜欢又没有说穿的男女，好比拳击比赛KO对手后，裁判举起胜利者的手一般，谁输谁赢早已明了，不过是个增加仪式感的环节罢了。

而当众表白则更像碰瓷，让不明真相的观众来绑架你让你不好意思拒绝，换了哪个女生被自己不喜欢的男生当众表白，肯定都得在心里骂娘。

因此已经修炼得道的我现在面对崔世豪，莫名有些愧疚感，很想有机会能再帮他一次。

"那你现在和她还有联系吗？"听他讲完，我问他道。

"当然没有啦，早就被拉黑了。"他有些沮丧地挠了挠头，说道。

"那你现在还喜欢她吗？"

"喜欢啊，每次在路上偶遇，我的心还是会止不住地隐隐作痛。"

"你好歹也是个文艺青年，能不能别总说话这么非主流？"

"那我应该说，'我的心在南方的艳阳里大雪纷飞'？"

"行了，你如果不想再挨一巴掌的话。我看，你还是适可而止点吧。"

"可是我喜欢又有什么用啊，人家又不喜欢我，说不定还讨厌我呢。"

"那可不一定，人家不是也跟你聊过一段时间吗？我觉得可能是你太过着急了，她当时还只是把你当个朋友，你却把她逼得很难受。"

"现在说这些有什么用，反正都已经是过去的事情了。"

"这样，看在你是我小弟的分儿上，姐决定帮你一次。"

"真的假的，我和她还有希望？"

"有没有希望我不敢确定，但是你不试试看怎么知道？她应该和我住同一栋楼，我改天帮你约约她。"

崔世豪顿时感激涕零，就差当场给我下跪了。

不过，在对崔世豪夸下海口后，我内心其实直打鼓，作为一个曾经的男生，自己都没有谈过恋爱，现在居然信誓旦旦地要帮人家当红娘，真是有点不知天高地厚。

但我成为许曼妮以后总是给身边的人添麻烦，都快让我丧失对生活的信心了，所以这次就算是为了证明自己，我也要接下这个看似不可能完成的任务。

根据崔世豪给我的信息，她的名字叫苏琪，是德语系的学霸，年年都拿国家奖学金，平时的爱好就是学习，除此之外，似乎没有什么圈子。

对于这一点我还算能够理解，毕竟德语系和英语系不一样，英语系是一个可以吃老本的地方，大学之前学了那么多年英语，底子多少都会有一点，而小语种都是上了大学从零开始学的，平时不好好学，一到考试真的连一个单词都看不懂。

可是如果她没有什么其他的爱好，我该怎么去接触她呢？我一个英语系的交流生忽然跑去跟德语系的一个姑娘交朋友，未免也太唐突了一点。

因为苏琪就住在我的楼上，我特意观察跟踪了她几天，她平时的生活真的简单到可怕，除了在宿舍或去食堂吃饭，其他时间基本都在教室图书馆或自习室。我悄悄关注了她的微博，发现她也不是经常发微博，这让我有些绝望，这样的姑娘真的是无懈可击，像一道紧闭的大门，不给人留一点缝隙，还从里面上了锁。

更让我绝望的是，在这个过程中我忽然意识到，自己当初还是范进的时候，要对哪个姑娘这么上心，估计早就不是单身了吧。

直到有一天我路过她们宿舍门口，无意看到苏琪正蹲在地上摸一只猫，我顿时心生一计，做了个深呼吸，准备好表情，然后走了进去。

"呀，这是你养的猫吗，好可爱啊！"我努力让自己演得走心一点，连声调都有点变了。

"是啊，养了快一年了，当初从路边捡回来的时候，它还是一只小奶猫，现在都长这么大了。"

我走过去，蹲下来一看，这是一只有些胖的白黄相间的猫，估计在女生宿舍天天被各种人喂，营养过剩，才会显得身材如此臃肿。

"咦？我认得你，你是那个……许曼妮。"苏琪抬眼看了我一下，说道。

"嗯，是我，你怎么会……"

"嘿，谁还能不知道你呀？迎新晚会当众向室友表白，久仰大名了。"

"这个嘛，你不要太当真，只是为了节目效果而已，都是假的，都是假的，哈哈哈……话说这只猫叫什么名字呀？"我感到有些尴尬，连忙转移话题。

"她叫'神乐'，是一个小姑娘。"

"真好，我可以摸摸它吗？"

"当然可以啦，它基本上不怕生的，只要是女生摸它都没关系，但是很奇怪，它对男生总是很凶，大概是在女生宿舍待惯了吧。"

于是，我放心地伸手想要摸一摸它的毛，怎料它忽然转过头冲我生气地"喵"了一声，还伸出爪子想要挠我，把我吓得差点坐在地上。

"神乐，不可以这样噢……许曼妮，你没事吧？"苏琪问我道。

"没事，没挠到我。"我捏了一把冷汗，说道。

"真奇怪，她从来不会对女生这么凶的，今天是怎么了呢？"苏琪感到有些奇怪。

我有些头皮发麻，心里默默地想，猫果然还真是通灵的动物，这家伙难不成真能看穿我的皮囊知道我原本是个男的？

因为那只叫"神乐"的猫，我和苏琪成了好朋友，我经常约她一起吃饭或去图书馆，偶尔去宿舍看一看她的猫，不过这家伙依然一次也不让我碰它，让人不禁怀疑它身体里是不是天生有一个直男雷达。

苏琪是一个挺可爱的姑娘，虽然平时给人的印象是一个冷漠的学霸，但从聊天的过程中会发现她内心还是很少女的，但我不知道她的这一面是否只在跟女生相处的时候显现出来，对于如何把她跟崔世豪重新联系到一块儿，我依然没有找到很好的机会与方式，只能慢慢等待。

11月初的时候我们系学生会组织了一场联谊，跟机电工程系去海边露营烧烤。

对于我们系的联谊，以往所有男生肯定都是怨声载道，毕竟作为一个女生数量占百分之八十的系，联谊肯定是找男生居多的院系，这对我们学院的男生必然是非常不公平的，别的系里总共七八个女生，剩下的全是和我们一样的直男，你让我们如何提得起兴致来？

但对于女生数量不到百分之十的机电工程的男生来说，这无疑是一场梦幻之旅，好比每天在庙里吃素，连个肉丁都看不见，忽然组织下山开荤了，而且还都是学外文的软妹子，真的是做梦都会笑出声来。

本来身为范进的我就不想去这种牺牲少数人利益与快乐成全大多数人的活动，现在作为许曼妮，我更不想去了，因为不知道到了晚上会不会组织一起玩什么强行配对的游戏，想想都让人觉得尴尬。

不过，因为何艾想找个伴儿，非拉着我去，我最后也只好勉强同意了。最好笑的是，那天在校门口集合的时候，我发现，我们班参加联谊的唯一的一个男生就是高子恒。之前所有联谊他都忙着跟女朋友谈恋爱去了，这回失恋了，估计也寂寞了，琢磨着女生再少的系好歹也是块肉，好过一个人的夜晚，浓稠得像碗白粥。

由于我们学校离海边很近，一群人浩浩荡荡地走着就过去了，好像小学时学校组织秋游一般。到了海边以后，机电工程的男生都在殷勤地忙着搭帐篷支炉子，而我们学院的女生则一个个在沙滩上捡贝壳玩自拍，这画面宁静和谐得像个原始社会。

我在一块礁石上找到了独自坐在那里往海里丢石子的高子恒，他两眼无神地望着远方，好像一个孤苦的怨妇在等出海三年未归的丈夫。

"大兄弟，你一个人坐在这儿干吗呢？"我走过去，蹲在他的旁边，问道。

"你谁啊？我认识你吗？"他扭头瞪了我一眼，说道。

"你最近心情咋样了，好点了没？"

"关你啥事啊？"

"啊喂，你这是在生我气吗，很多事情你也怪不得我啊，我也有我的苦衷。"

"你到底是范进的什么人，为什么要联合他一起耍我啊？"

"我真的是范进，高子恒，我知道现在要让你接受这个事实太难了，我曾经告诉过另一个和我从小一起长大的朋友，她也花了很长时间才被我说服，所以现在真不知该说什么让你相信我。"

"不是，你要是长得像他也就罢了，你说你忽然变成一个完全不同的女生，这剧情会不会有点太……"

"你这些话我都听过，有时间我们坐下来，我可以用一万种方法慢慢证明给你看，我甚至可以回去用范进的号码给你发信息，不然你以为我为什么要休学这么长时间，还不是因为老子遇到这种倒霉催的事情。"

高子恒盯着我看了足足半分钟，然后忍不住笑出了声。

"怎么样，你相信了吧？"

"得了吧，打死我也不信。"

就在我们俩还在进行激烈却无意义的对话时，何艾跑来喊我们过去吃东西。我们俩起身回营地，那里已经热火朝天地开始烧烤了。在夕阳的映衬下，一群男男女女，欢歌笑语，你生火来我做饭，我在一旁拿着一串羊肉，一边吃一边在心里默默地感叹，年轻真好啊，可惜我的内心已死，对男女之事再无波澜。

不过，我即使坐在一边一动不动，也总有机电工程的男生不停来给我递吃的，不一会儿，我手里就拿满了烤串。而我转头看了一眼独自坐在不远处的高子恒，似乎是被人遗忘了，两手空空地在那儿翻着白眼，于是我终于明白为啥我们系男生基本都没来，这待遇差别简直不是一星半点。

看高子恒在那儿怪可怜的，我走过去，递给他几串。他接过去说了句谢谢，然后愤愤地吃了起来，都快把竹签咬断了。

"还记得那天晚上我们一起去吃烧烤吗？"我问他道。

"当然记得，你还非得让我跟你一起睡呢。"

"现在想想是不是觉得后怕，差点把你对床的室友给睡了？"

"去你的，我可没打算睡你，而且我说相信你就是范进了吗？"

不一会儿，天色渐渐彻底暗了下来，大家吃完，纷纷自由活动起来，有的下海踏浪去了，有的则围在一起开始喝酒聊天。

我正打算起身去海边走走，柳小絮忽然带着几个机电工程的同学过来，说要一起玩游戏，她见我要走便叫住了我。

"许曼妮，你要去哪儿呢？作为我们系的颜值担当，你走了，这场面可就撑不住了。"

我心想，你该不会又想整我吧，玩就玩，谁怕谁，我倒要看看你还有什么能耐。于是我又坐了下来，顺便把同样准备跑路的高子恒也拉住了。

随后我们十个人便围成了一圈，其中我们系的有我、高子恒、柳小絮、何艾，还有另一个班上的一个女生，机电工程那边有四个男生和一个女生，因此刚好男女数量是五对五。

柳小絮说可以玩真心话大冒险，但是她想要稍微改变一下规则：首先一个男生和一个女生自由搭档，分成五组，每一组有一个号码，再由一号开始出真心话与大冒险的题目，用扑克牌随机抽一组来完成，被抽到的那组，两个人决定谁来真心话、谁来大冒险，两个都必须完成。

我自然毫无疑问地选择跟高子恒一组，至少我们俩那么熟悉了，到时候遇到再难的题目也谈不上会多尴尬，但我依然很怕柳小絮抽到我，以我对她的了解，她来出题目肯定不会有丝毫的手下留情。

果然，一开始游戏进行得很是无聊，机电工程系那些腼腆的直男出的题目简直不要太容易，无非是"你的初吻是几岁""到旁边的那群人面前跳一段舞"什么的。

但是，一到柳小絮出题，她立马就是"有没有和恋人之外的人上过床""在你搭档的脖子上种个草莓"之类的，果然是常年在外头玩的，这尺度真的是秒杀我们这些单纯的大学生。

不过，幸好她没有抽到我，那个种草莓的问题则是抽到了何艾，她知道自己被抽到后当场都傻掉了，毕竟她是有男朋友的人，这事情要是被郭凡知道了，还不再度昏厥？不过，她最后还是选择在她搭档的脖子上种草莓，不知道是不是因为不愿意回答那个"是否和恋人之外的人上过床"的问题，细想起来真让人觉得后怕。

这种考验人性的游戏确实充满了危机，我作为一个身份本来就暧昧的人，玩这种游戏更是风险巨大，当然我可以选择说谎来保护自己，但在这种大家都玩得很拼并且喝了酒的气氛下，很多真心话真的会脑子一热就说出来了。

在看了很多轮热闹后，我和高子恒抽到了何艾出的问题，真心话是"是否曾经或正在喜欢在座的某一个人",大冒险是"背着搭档到海里走一圈"。

我自然不会选择说这个真心话,因为我之前可是喜欢过柳小絮的,之前在晚会上当众表白的事情刚过去,现在再说是她就有点给自己找麻烦了,因此,虽然听起来有点困难,我还是毫不犹豫地选了大冒险。

轮到高子恒说真心话了,他大概是喝了点酒,显得有点微醺,见大家都怂恿他赶快说。他打了个嗝,慢吞吞地说了一句令我瞠目结舌的话:"我喜欢许曼妮。"

Chapter
Seven

第七章 ▶

∽∽∽

吐出谎言的，终不能逃脱。

　　高子恒说完这番话，周围的空气顿时便尴尬得凝固了，就连一向淡定的柳小絮都露出了一脸惊愕的神色，我更是完全不知该作何反应。

　　不知沉默了多久，为了防止大家追问，我连忙拉起高子恒，告诉他们我要去做大冒险了。

　　一路拉着高子恒往海里走，我明显感觉到他的脚步有点不稳，应该是真的有点醉意，可是这家伙刚才没喝多少啊，这酒量真的跟我有一拼了。

　　"行了，你上来吧。"走到海里后，我背过身对他说道。

　　"干什么，你真的要背我？"他瞪大眼睛说道。

　　"不然呢，这游戏就是要认真玩才有意思，我可不像你。"

　　"你以为我刚才是乱说的？"

　　看到高子恒认真的眼神，我感到有点慌了，这小子难不成真的喜欢上我了？"别废话了，赶紧的，你再磨磨蹭蹭的，该涨潮了。"我催促他道。

"你背不动我的。"

"你怎么知道我背不动你？"

"行，那你别后悔啊。"

随后高子恒便猛地一下跳到我的背上，我重心不稳，差点和他一起跌进海里。我心想，这畜生看起来也不胖啊，为什么背起来死沉死沉的。可要说许曼妮的身体弱不禁风，我是绝对不信的，毕竟跟何艾单挑都能打个平手。

在海里艰难地走了几步后，我对高子恒说："你最好断了喜欢我的念头，我真的是范进，等我变回来，我怕你精神崩溃，自寻短见。"

他凑在我的耳边用温热的气息缓缓地说道："那就别变回来了，我还是更喜欢现在的你。"

我听完气得半死，一个过肩摔就把他丢进了海里。他挣扎着想要爬起来，又被我一脚踹了回去。然后我转身大踏步地往岸上走，心想，去你的，高子恒，真让我恶心。

可刚走了两步，我一不小心踢到了什么东西，一阵钻心的疼痛顿时从脚底传来。我回到沙滩上躺在地上打了几个滚，借着月光看了一眼，才发现脚被礁石划了一道口子，血流不止。

高子恒从海里湿漉漉地跑过来，拿起我的脚看了一眼，说我伤得挺严重的，需要处理一下。

"你别拿嘴吸！"见他拿着我的脚往脸上凑，我连忙制止他。

"你是不是看电视剧看多了啊？这又不是被蛇咬了，我吸你臭脚干什么？就是太暗了，想凑近点看看你的伤势。"高子恒骂我道。

于是我被高子恒搀扶着，一只脚蹦回了营地。见我受伤了，大家纷纷拿矿泉水帮我冲洗，拿纸巾帮我止血，但是因为伤口比较深，还是不停地往外淌血。

"你这得赶紧去医院了，伤得这么严重，海水又不干净，万一感染了就糟了。"何艾对我说道。

"可是这个点儿校医院早就关门了。"我叹了口气，说道。

"去大医院吧，我现在就打车送你去。"高子恒说道。

随后跟大家告别，高子恒便背起我往马路的方向走去。但半路上我忽然想起了什么，连忙制止了高子恒。

"咱别去医院了，你送我回宿舍吧。"

"你疯啦，伤成这样还心疼钱吗？"

"不是钱的问题，我不能去医院。"

"为什么？"

"你别问，等到了宿舍我再告诉你。"

"行，既然你坚持的话，我也没办法。"

于是高子恒这样一步一步地背着我往学校走。由于夜已深，路上既没有行人，也没有多少车辆，安静得只听得见他的喘息声，因为刚才被我扔进海里，高子恒身上依然湿漉漉的，我趴在他背上感觉黏糊糊的，很不舒服。在这个漫长的路程中，我一直想说些什么来缓解这种令人不适的怪异气氛，但却始终找不到话题。

不知走了多久，终于到了园区门口，因为男生大半夜进女生宿舍是绝对禁止的，高子恒浪费了很多口舌跟门卫解释，最后才勉强被放行，不过门卫告诉他必须在半小时之内下来，不然后果自负。

我对门卫说："你大可放心，他顶多五分钟就会完事，用不了那么久的。"

高子恒扭头对我说："你再多话就自己一只脚跳着回宿舍吧。"

到了宿舍后，高子恒直接把我丢在椅子上，随后便瘫倒在地上了。

"我的妈呀，真是命运弄人，在海边你背着我没走两步，没想到为了补偿你，我得一路把你背回学校。"

"你就知足吧，你得感谢我宿舍只在二楼。"

"别废话了，时间不多了，你宿舍有双氧水、绷带这些东西吗？"

"好像有，你在我书桌上的柜子里找找。"

高子恒在我的书桌上翻找了一阵，忽然脸色惨白地转过头来看我。

"你……你真是范进？"

"怎么，你终于愿意接受了啊？"

"不是，你这桌上的东西，我认得，这电脑、台灯、插座……还有这些书，都是范进的东西。"

"对，我从我原来位置上偷过来的，你打碎我热水壶我还没跟你计较呢。"

"你怎么知道我打碎了热水瓶？"高子恒吓得脸色更白了。

"因为那天我就躲在衣柜里。"

"你……你听到了什么？"

"你管我听到了什么，你自己做了什么你自己还不知道吗？"

"所以，当时你就躲在衣柜里给我发信息？"

"不然呢，不把你们俩引开，我怎么从宿舍里出去？"

沉默了几秒钟，高子恒扬起脑袋双手指天想要绝望地大喊，我眼疾手快地从桌上拿了个苹果朝他头上丢了过去让他别喊："大半夜的，你这是要把整栋楼都给吵醒吗？"

随后为了让他更信服，我拿出范进的手机给他发了条信息，然后告诉他，这就是我不想去大医院的原因，许曼妮是一个几个月前根本不存在的人，她没有任何身份证明，也不想被当成医学研究的对象。

帮我处理伤口的时候，高子恒都不敢抬头看我，嘴里一直默默念叨着，这一定是在做梦，希望能赶紧醒过来。

"算了吧，我倒是希望我能先醒过来。"我鄙夷地对他说道。

"这到底是怎么回事，你改天最好从头到尾给我完整讲一遍。"

"我该说的早就跟你说过了，是你自己不信而已，而且我变成这样一个月后马上就回学校了，后面的事情你都是参与者，不是吗？"

"你说你小子这到底是中了什么邪……"高子恒拿着绷带在那儿忽然就笑出了声。

我心想，中邪的明明是你，好吧？"你真的喜欢我？"我反问他道。

"你别问了，我就是刚失恋心里难受又太寂寞了，你当我没说过吧。"

"嗯，希望你能早点断了这个念想，你回忆回忆范进的脸，不觉得恶心吗……好了，你不用回答我这个问题。"

"那你现在……真的从里到外完全变成女人了啊？"高子恒的目光移到了我的两腿之间。

"看你妹啊，已经没有那种东西了。"

"好变态啊，太科幻了吧？"他还在那儿喃喃自语。

"行了，你回去自个儿慢慢琢磨吧，半个小时就要到了，你快走吧。"我催促他道。

"那我走了，这几天你好好休息，记得换药。"

临出门，高子恒又回头看了一眼，露出了一个怪异的表情，不知是哭还是笑。

我瞪着天花板默默地想，行吧，看样子这是又逼疯了一个。

由于脚底受伤，行动不便，我在宿舍里待了整整一个星期没有出门。其间一直是何艾给我带饭，至于高子恒，自从那天回去后，他就再也没理过我，给他发信息也不回，估计是依然活在梦里，没有办法接受现实。

　　这些天苏琪经常抱着她的猫来宿舍看我，我和她的关系算是越来越好，不过这只叫"神乐"的猫依然对我有着很深的敌意，我每次尝试伸手去摸它，它还是会伸爪子想要挠我。

　　"话说你这只猫真的有点无情，就偏偏跟我过不去。"我对苏琪说道。

　　"它可能是喜欢你。"苏琪笑道。

　　"啥？别开玩笑了。"

　　"你要知道，猫可是很傲娇的动物，神乐一向对所有女生都很友好，唯独对你这么凶，说明你在她眼里很特别呀，只是她不知道该怎么表达自己罢了。"

　　"我差点就信了你的邪。"

　　"这样吧，我们系后天组织去外面玩，我把她寄养在你宿舍几天，你跟她试着相处一下，怎么样？"

　　"这……不好吧，我没养过猫啊，而且我几个室友大概也不会同意的吧。"我迟疑道。

　　"我没意见啊，张雯从来都没有意见，至于柳小絮肯定也没意见，毕竟她家里也养猫的。"何艾这时刚好从门外走进来。

　　"行，那就这么说定了，我晚上把猫砂盆什么的拿来你们寝室，神乐就拜托你们啦。"

　　苏琪走后，我扭头看了一眼何艾，说道："真的假的啊？你这答应得也太轻松了一点，我真不会养猫，万一出了问题，谁负责？"

"你担心得有点多啦，猫有啥难养的，平时自己吃东西上厕所，不认生，也不用陪它玩，还不用遛，老实得很，你别让它出园区走丢了就没事。"何艾摆了摆手道。

于是，当天晚上苏琪就把神乐抱来了我们宿舍。刚到没多久，它就非常自来熟地迅速占领了我的椅子，并在上面安然地睡起了大觉，我在一旁单脚站立，扶着衣柜就这么瞪着它，像一只愤怒而无奈的鸡。

不一会儿，张雯和柳小絮相继回来了。她们看到神乐都很开心，尤其是柳小絮，对它更是爱不释手，一直抱着它轻柔地顺着它的毛，而神乐在她的怀里也显得很安静，乖巧听话地眯着眼睛任由她抚摸。

对于这样的柳小絮，我还是第一次见到，平时她的表情总是骄傲中透着些许冷漠，一副全世界都与她无关的模样，而抱着猫的时候，她的脸上却写满了我从没有见过的温柔，完全像另外一个人。

第二天中午，我觉得自己的脚已经好得差不多了，便试着一瘸一拐地挪到食堂去吃饭。在食堂恰好遇到了正在排队打饭的崔世豪，我便上前和他打了个招呼。

"哟，许曼妮，你终于站起来啦？"他看见我，惊讶得张大了嘴巴。

"你这叫什么话，说得好像我瘫痪了三年似的。"我斜了他一眼道。

"听说你们那天在海边有各种有意思的八卦呢，我真后悔没跟去。"

"嗯？你听说什么了？"我立马警觉了起来。

"没什么，就是偶然听女生她们聊到那个……高子恒向你表白了？"

"你别当真，只是个无聊的游戏罢了，而且他那天喝醉了。"我连忙解释道。

"行吧。"

"高子恒没跟你说什么别的吧？"

"没有啊，他那天提早回来以后，说是你受伤送你回宿舍了，然后就洗洗睡了，这几天都没怎么说话，像是有什么心事。"

"噢，他这是宿醉，没多大事。"

"我咋没听说过宿醉能持续一个星期？"崔世豪一脸的疑惑。

"那就是酒精过敏。"我拍了拍他的肩膀，阻止他继续追根究底。

打完饭菜，找到位置坐下来后，崔世豪开始问起我之前答应过他的事情。

"话说苏琪那边怎么样啦，你不是说要帮我约她吗？"

"这事儿吧……有点麻烦，我和她最近的关系确实是挺好的，不过给你们俩牵线搭桥的话，我觉得时机还是不太成熟。"

"那你有没有提到过我，旁敲侧击地问一问她对我什么印象？"

"没有，我找不到话头，怕她起疑心。"

"唉，看来我和她果然还是注定此生无缘。"

"你有什么可唉声叹气的？我帮到你，是你赚到；帮不到，你也没什么损失，而我这红娘劳心费力，不仅没捞到任何好处，还得兼职保姆帮人养猫，我容易吗我？"

"养猫？"

"这几天德语系不是出去玩了吗，苏琪把她的猫寄养在我这儿了。"

说完这番话，我的脑子里忽然萌生一个有趣却有些冒险的想法。

"话说崔世豪，你养过猫吗？"我放下筷子，很认真地问他道。

"没有，你问我这个干吗？"

"我在想，我找个晚上把猫偷偷移交到你这儿，等苏琪回来，我骗她说猫走丢了，然后你把猫亲手还给她，说是你找到的，这样她岂不是瞬间对你感恩戴德，欠你一个大人情？"

"这……合适吗，虽然听起来挺美的，可万一败露了该怎么办哪？"崔世豪显得很犹豫。

"你这废物，当众表白都敢，亲手还个猫有什么不敢的，更何况又不用你来说谎，全靠我一个人来演戏，你只要保证猫在你手里能活一天就行。"

"行吧，你跟我说说具体要怎么做。"

于是我把自己临时制订的计划告诉了崔世豪：由于苏琪会在第三天下午回到宿舍，我得在第二天深夜所有人都睡下后把猫偷偷带出园区，交到他手中，随后第三天早上我会发动大家一起找猫，届时他务必把猫在宿舍里藏好。等苏琪回来后，我把这个不幸的消息告诉她，让她在悲伤的情绪中沉浸一会儿，然后我再给崔世豪发信息，让他扮演救世主的角色，亲自把猫平安完整地送回苏琪的手里。

然而这个计划里最大的阻碍是，神乐这家伙在这个世界上不允许两种生物碰它，一个是所有的男生，另一个则是我，这会使我们的交接工作变得异常困难，而且神乐在男生宿舍里，不知该如何安稳地待上半天。

对此我的解决方案是，第二天晚上我想办法把神乐弄进猫笼，提出园区。崔世豪也得找到一个空的猫笼来跟我对接，之后千万不要把它放出来，就半天时间饿不死也憋不坏的，只要藏在宿舍里别被其他人看到就行，至于同宿舍的高子恒，崔世豪自己去搞定就是。

当我们俩把周密的实行方案制定完毕，食堂里早已空空如也，我一看手机都已经下午两点多了，便清了清嗓子，对崔世豪故作凝重地说道："成功还是失败就在此一举了，姐我也只能帮你到这儿，剩下的就靠你自己了。"

回到宿舍后，我一眼就看见了趴在我椅子上安逸地睡觉的神乐，我盯着它，内心莫名有些慌张与不安，虽然从根本上说，我即将做的事并不会真正伤害任何人，但一想到这终归是一次欺骗，并且辜负了苏琪对我的信赖，就有那么点不是滋味。

傍晚高子恒破天荒地给我打电话，问我要不要出去吃饭，我本想以腿脚不灵便为由拒绝他，但他说中午崔世豪在食堂碰到我了，我无力辩驳，只好勉强答应。

换好衣服走到园区大门口，我发现高子恒不知从哪儿搞来了一辆自行车，他指了指后座让我坐上去。

"什么情况啊这是？"我看到他，差点笑出声来。

"你不是走路不方便吗，我载你。"

"不是……你要带我去哪儿啊？"

"请你吃饭啊，去学校外面。"

"有病吧你，无缘无故请我吃什么饭啊？"

"你别管，一会儿到了我再告诉你。"

于是我不情不愿地坐上了高子恒的后座，由于穿着裙子，只能侧着身坐，上去以后完全找不到双手可以抓住的地方，只好抱在胸前。

"我说，你为啥还不走啊？"不知过了多久，见高子恒还没动静，我便不耐烦地问他道。

"你这样坐不怕掉下来啊？"

"那我能怎么办，你这后座实在是太窄了。"

"你抱着我的腰。"

"我不。"

"好，那我可不管了。"

说罢，高子恒猛地一蹬脚踏板，我一晃，真的差点从后座上掉下来，于是下意识地伸手紧紧抱住了高子恒的腰。"我说什么来着，到头来你还不得抱着？"高子恒在前面坏笑道。

"高子恒啊高子恒，你是不是得了失忆症，你还记得我是范进吧？"

"是又怎么样，就算是崔世豪坐在后座上也得抱着我啊，这有什么丢脸的，总比躺地上强吧，你别总这么神经质。"

我对着他的背吐了吐舌头，实在是想不到什么反驳的理由。

南方的11月，傍晚虽说依然算不上凉爽，但已然没有了盛夏的闷热与焦躁感，坐在后座上哼着歌吹着风，看着路上来往的学生与路旁摇晃的树木，我感到心情前所未有地放松。

不一会儿，高子恒就骑出了学校大门，把车停在了一家西餐厅门口。

"到了。"

"吃这家啊，自助哎，有点贵吧？"

"反正我请客，你怕什么。"高子恒把车锁在路边，然后拍了拍手上的灰尘，对我说道。

进餐厅找了个靠窗的位置坐下后，我有些忐忑地对高子恒说："正所谓无功不受禄，你无缘无故请我吃大餐，我心里很没底，你是不是有什么事想让我帮你啊？"

"我说，你是变成女人以后脑子坏掉了吧？明天你生日，我请你吃顿饭不是很正常吗？我不过是还你上个学期送我生日礼物的人情罢了。"高子恒一脸鄙夷地说道。

我一拍脑门，心想，我居然把自己的生日都忘记了，看来真是当许曼妮当得太入戏了，上个学期高子恒过生日的时候我送给他一个名牌打火机，他当时承诺11月我过生日的时候请我吃顿大餐，没想到过了这么久他居然能记得。

"我……我当然记得明天是我生日了，你为啥不明天请我吃饭，非得提前一天？"我嘴硬道。

"明天晚上我有事情，早一天怎么了？而且我也不知道明天你有没有约别人一起过生日。"

"得了吧，我这状况还过个屁的生日，都没人知道我是范进，我能请谁啊？"

"那你都是和别人怎么说许曼妮的生日的？"

"我没跟人说过，如果有人问起，那就按变的那天算呗，8月17号。"

"啧啧，不知不觉也快三个月了。"

"是啊，我都不知道这三个月究竟是怎么熬过来的。"

然后我们俩便陷入了长久的沉默，相顾无言，只剩唉声叹气。

去拿了几盘吃的回来后，我和高子恒聊起自己为什么要回来，以及这些日子在女生宿舍的各种经历。

"你也是够奇葩的，换作我，连门都不敢出，你居然还敢大摇大摆地回学校，你这心理素质真是个干大事的。"高子恒抹了抹脸，说道。

"这叫超脱，当你经历巨大的打击或改变之后，很多事情对你来说就会变得无所谓了。"

"那你今后有什么打算，总不能一直在这儿当假交流生，早晚会败露的吧？"

"我哪有这么多精力去想以后，过一天算一天吧，生活哪是能照着计划按部就班的。"

"所以，你现在到底……喜欢男生还是女生？"高子恒小心翼翼地问我道。

"都不喜欢，我的内心现在清澈得如同得道的高僧一般，无欲无求。"

随后高子恒盯着我看了半天，笑着叹了口气，露出一副让人捉摸不透的表情。

"生日快乐，范进。"他举起杯子对我说道。

"谢谢，不过，现在你还是叫我许曼妮吧。"我和他碰了一下杯，把里面的饮料一饮而尽。

第二天早上，我接了两个电话，一个是徐小曼的，一个是我妈的，她们都是来祝我生日快乐的，但我没有任何过生日的心情，因为晚上还有一件大事要做。

现在对于应付我妈，我早已轻车熟路，对视频一概不接，打电话就开变声器，有时候还能开原声用许曼妮的声音假装是自己的"女朋友"跟她聊上几句，我感觉自己再这么下去都快变成表演型人格了。

到了晚上，我早早地便爬上了床，想等所有人都睡下再开始我的行动，但这天柳小絮直到很晚都还没去睡觉的意思，一直坐在电脑前写着什么。这可把我给急坏了，躲在被窝里给崔世豪不停地发信息让他可别睡着了。

差不多到了凌晨两点，在确认宿舍的所有人都睡下之后，我让崔世豪马上来园区门口，随后轻手轻脚地爬下了床，准备把神乐弄进猫笼里。

然而神乐是一只货真价实的"夜猫子"，白天呼呼睡大觉，到了晚上可精神了，我刚下床就看到它站在我桌子上，它一看到我就立马警觉地弓起身子盯着我，眼睛里发出幽蓝的光，着实把我吓得一哆嗦。

我心里暗叫不好，这架势且不说我如何毫发无伤地把它弄进笼子，不弄出点动静来都很困难，万一把其他人吵醒了可就彻底没戏了。

深吸了一口气，我轻轻地一点一点地靠近它，就像电影里的慢动作一般，一开始它并没有什么反应，可就在我即将摸到它的时候，它以迅雷不及掩耳之势伸出爪子狠狠挠了我一下，把我的手臂给挠出了三道爪痕。

我捂住嘴努力不让自己叫出声来，随后坐在地上绝望地吹着伤口，心想，果然还是不行，连第一步都没办法做到，后面的事情就更别提了，真是出师未捷身先死，美人也得泪满襟啊。

一扭头，我看见柳小絮搭在椅子上的衣服，忽然心生一计，既然神乐比较喜欢她，那应该对她的味道不会排斥吧。

于是我拿着柳小絮的衣服，挡着脸试着再次靠近神乐，果然这次比上次顺利得多，我裹住它以后，它并没有反抗，然后我轻手轻脚地把它装进了猫笼，关上了笼门，长长地舒了一口气。

将猫笼提出宿舍后，尽管脚伤还没全好，但在夜色中穿行的我依然有自己是一个经验丰富的盗贼的错觉。一路走到园区的栅栏边上，我见到了早已等候多时的崔世豪。

"怎么这么久啊？"崔世豪提着不知从哪里弄来的空猫笼，显得有点生气。

"你知道把这家伙弄进笼子多难吗？"我举起手臂在他面前晃了晃，说道。

"现在怎么弄？"

"你把笼子打开。"

随后我们在栅栏之间将两个笼子对在了一起，我小心翼翼地将笼门打开，让神乐进入崔世豪的猫笼。

交接完毕后，我对崔世豪千叮咛万嘱咐："千万不要把猫笼打开，一旦它出来，你就永远都别想再碰到它了。此外，千万在宿舍里藏好了，等明天下午我给你信息。"

回到宿舍后，我把门留了一道小缝，将猫笼放回原位，然后悄悄爬回了床上，躺下的一瞬间我感觉身体被掏空了一般疲惫不堪，但却无论如何也无法睡着，胸腔里怦怦直跳，一股莫名的不安淹没了我，使我近乎窒息。

不知过了多久，我在迷糊中被人摇醒，我扭头一看，是一脸慌张的何艾。

"许曼妮，你快醒醒。"

"怎么了？"我揉了揉惺忪的睡眼，问她道。

"神乐不见了。"

"啊？不会吧！"我故意扯着嗓门喊了起来，假装自己很惊讶的样子。

"我今天一觉醒来发现门没关，左找右找也没看到它，估计是半夜跑出去了，这可怎么办？苏琪今天下午就回来了，我们可怎么向她交代啊？"

"昨晚最后睡觉的是谁？"何艾问道。

"是柳小絮吧。"张雯说道。

"我昨晚睡前可是特意把门关上的，你们可别想赖在我头上。"柳小絮在一旁冷冷地说道。

"那就是谁起来上厕所忘了关门。"何艾说道。

"我没起来过。"

"我也没有。"

随后大家都纷纷把目光投在了我的身上。

"那个……现在不是互相推卸责任的时候，我们一起找找吧，它肯定跑不远的，去其他宿舍问问有没有人看到。"我连忙一身冷汗地提议道。

趁着大家一起出门找猫的间隙，我偷偷给崔世豪发了个信息，确认猫依然平安无事地在他那儿，我提着的心总算是放下了一些，但崔世豪也提醒我，待苏琪一回来就赶紧告诉他，因为神乐在笼子里显得很焦躁，总是不停地拿爪子挠着门。

一上午寻找无果之后，下午德语系游玩归来，我立刻准备好表情和说辞到苏琪的宿舍去向她赔罪。

出人意料的是，苏琪却显得很平静，她告诉我，神乐之前也跑出去过，不过它是一只很乖很聪明的猫，一定不会跑出园区的，先去找一找，如果找不到也没关系，它饿了就会自己跑回来的。

她的这个反应让我有些失望，照我原本的想法，猫丢了，她应该很着急才对，崔世豪这时候脚踏七彩祥云把猫带回她面前，她才会觉得由衷地感激，把他当作自己命中注定的意中人，眼下她这么淡定，根本起不到什么效果。

然而正当我有些失落的时候，手机却忽然收到了崔世豪的一条信息："许曼妮，不好了，苏琪的猫从宿舍里跑出去了。"

"你这废物怎么搞的啊，我不是叮嘱你千万别把笼子打开吗？"在男生宿舍门口，我揪着崔世豪的耳朵冲他吼道。

"不是我打开的，是他。"他指了指身边的高子恒，说道。

"你们俩到底在搞什么鬼啊？我们宿舍里怎么会无缘无故多了一只猫，是谁的啊？"高子恒在一旁显得一头雾水。

"你管它是谁的，你手贱开什么笼子啊？"我对高子恒说道。

"我咋知道里面是什么东西，我一起床看见他桌子下有个笼子，里面有声音，就打开看了一眼，结果它一下就从门口跑出去了。"

"你没告诉他？"我转头问崔世豪。

"没，我昨晚回来时，他都睡着了，我刚去上厕所的时候，他刚好起床，谁知道这么刚好……"崔世豪一脸的委屈。

"我要被你们给气死了，一个成事不足，败事有余，还有一个只会添乱，这下该怎么办，我该怎么向苏琪交代？"我捂着脑门觉得自己快要昏厥了。

"找呗，我们去每个宿舍问一问，再在园区里看看。"

"找到也没用啊，这猫不让男生碰的，你们就算看到它也抓不到它。"

"那我们告诉苏琪真相，让她过来帮忙找？"崔世豪提议道。

"你想再挨一巴掌我不拦着，别拖我下水。"

"行了行了，虽然不知道你们俩到底在玩哪一出，现在猫丢了，去找就是了，在这儿吵有啥意义啊？"

说罢，高子恒把我拉到一边，板着脸小声问我道："你们俩这是干吗呢？"

于是我把我的计划一五一十地告诉了他。

"你咋变成女的以后脑子还这么直男呢，连这种歪点子都想得出来，追女生都像你们这么追，人类差不多该灭绝了。"

"你牛也没看你追到过谁啊。"

"我这不是谈了这么多年恋爱，才刚刚分手吗，如果给我一个机会——"

"大哥，现在是讨论这个的时候吗？"

"行了，这事情交给我们，你那边自己想办法先拖着吧，我们一找到就马上给你消息。"

回到宿舍以后，我瘫软在椅子上仰天长叹，心想，这真的是命运弄人，原本想顺水推舟送个人情给崔世豪，借这个机会撮合他和苏琪，帮助曾经被我坑过的舍友，结果人情没送到位，还真把猫弄丢了，如果真的找不到，我只能提头去见苏琪了。

可我还没从命运的戏弄中爬起身来，命运立即又给了我当头的一棒，让我重重地仰面翻倒在地。

"许曼妮，你为什么要这么做？"忽然门口传来了苏琪的声音。

"什么？"我从椅子上跳起来，一脸的疑惑。

"神乐是被你拿出园区的吧？"她严肃地质问我道。

"不……不是啊，我什么都不知道，你为什么会怀疑是我？"我顿时彻底慌了手脚。

"别狡辩了，许曼妮同学，刚才我带苏琪去监控室了，你昨晚拿着猫笼出了园区吧？"只见柳小絮也从门口走了进来，缓缓地说道。

苏琪拿出手机给我看了她在监控室拍的一段视频：黑暗中，一个身影提着一个东西从楼底走过。

"这么黑都看不清脸，你们凭什么说这就是我？"我依然还在垂死挣扎。

"根本不用看脸,这一瘸一拐的走路姿势,除了你,还有谁?我们宿舍里只有你脚上有伤,而且你手臂上的爪痕是什么时候留下的?昨晚睡觉前我看你还好好的,一定是我们都睡着后你去碰神乐被挠的吧,我记得我们宿舍唯一会被神乐挠的人也是你吧?"柳小絮像侦探一样在一旁分析得头头是道,把我驳得哑口无言。

"苏琪,你听我解释……"我下意识地拿手遮住了手臂上的伤痕。

"够了,许曼妮,算我看错你了,亏我还把你当成我的朋友,你居然做得出这种事,你最好在明天之前把神乐给我带回来。"说罢,苏琪转身摔门走了。

而柳小絮此刻正靠在墙上,一脸笑意地看着我。

"柳小絮,你……"我指着她,感到一股积压已久的怒火在胸腔里蔓延。

"我怎么了,这件事明明就是你自己做得不对,你还想指责我拆穿了你吗?"

"行,这次是我的问题,可你为什么一直以来要跟我过不去,我觉得我并没有怎么你吧?"想到这事儿终归还是我理亏,我平静了一下心情和语气,质问柳小絮。

"许曼妮同学,你这么说话就没意思了,什么叫我一直针对你,你有什么证据吗?"

"有没有你自己心里清楚,我就想告诉你,我不管你究竟是谁,有什么背景,我根本不怕你,反正我光脚的不怕穿鞋的,你有本事就继续针对我好了，我很乐意奉陪到底。"

"好的，我先去吃饭了。另外，我告诉你一件事，让你栽得明白一点，昨晚我其实根本就没有睡着，你干了什么可都在我的眼皮子底下呢。"柳小絮对我眨了一下眼睛，说道。

Chapter Eight

∽∽∽

或是假意，或是真心。

在神乐失踪的第三天，依然没有任何关于它踪影的消息，这天中午我无奈之下只好让崔世豪帮忙写一个"寻猫启事"，准备印个几十张贴到学校里的各个角落。

崔世豪把写好的草稿拿给我后，我一看差点气晕过去。

"神乐，母，体长约半米，偏胖，黄白相间，性格易怒，不稳定，于三日前走失，至今未归，若有好心人见到，请速与本人联系，定给酬谢，电话……你他妈的这写的究竟是个什么玩意儿？"我揪着崔世豪的耳朵骂他道。

"我在网上找了个寻人启事的模板，照着改的。"他一脸委屈地对我说道。

"这能一样吗？你就算抄也抄个稍微有点文采的模板啊，写得跟个王八念经似的，而且你不放照片上去谁知道它到底长啥样子？"

最后被逼无奈，我只好自己重新写了一份，然后和崔世豪一起去了打印店。

在等打印的时候，崔世豪问我道："话说苏琪那边怎么样了？"

"我昨天去她宿舍跟她解释说，我那天是睡不着忽然想带它出去兜兜风，结果不小心打开笼子让它跑了。"

"她信了吗？"

"废话，这么蹩脚的理由，换作我，也不信，我只能承诺一个星期之内帮她找回来，现在都过了三天，万一找不回来，我真不知该怎么办了。"

"真对不住你，都是我的错，把你给害了。"崔世豪叹了口气，说道。

"这怎么能怪你，本来就是我一个人出的主意。"

"我觉得我还是去告诉她真相吧，不能让你一个人被误会。"

"不用了，就算你告诉她真相，我也没法洗白啊，还多了一个人背黑锅不是吗？就这样吧，等找到了，还是由你来把神乐还给苏琪，你依然可以当你的光明骑士，就让我扛下一切，成为这个学校的公敌，然后消失在夜色里吧。"

说完这番话，我感觉自己身后好像有一件黑色的披风在迎风飞扬。

随后我们俩把几十张寻猫启事贴满了学校的各个角落，每个园区每个教学楼每个食堂，甚至连公共厕所都不放过，其间我们还被保安误认为贴小广告的，被追着跑了好远。

好不容易忙完回到宿舍，我一眼就看到柳小絮正坐在椅子上写着什么，见我出现在门口，她头也不抬地说了一句："哟，这不是偷猫贼许曼妮嘛。"

我气得牙痒痒，但努力忍住，不让自己发作，话说最近越看柳小絮越恨得慌，看来女人之间的仇恨确实是根深蒂固，这或许是种族天赋，是历史的必然，既无法抗拒也无法改变。

不一会儿，何艾也从外面回来了。她先是问了我关于神乐的情况，我摇了摇头，告诉她依然没有找到，随后她一脸严肃地把我拉到了门外。

"话说许曼妮，期中考试的成绩已经出来了，我刚去了教务处一趟，好像并没有查到你的成绩啊。"

我这才想起前两周的期中考试我并没有参加，毕竟作为假交流生，教务系统里根本就没有我的学号与档案，去考试反而更容易暴露我的真实身份。

"这个嘛……我这个类型的交流生应该是不用参加期中考试的。"

"那你的学分怎么办？而且其他班的交流生好像都参加考试了。"

"放心啦，我自己的事情我自己清楚的。"

"嗯，你心里有数就好，我只是作为班长提醒你一下，这事儿你最好再去学院那边问问清楚。"

何艾走后，我顿时感到一股深深的空虚，像眼前的道路被浓重的雾气笼罩着一样，白茫茫的，一片惨淡。

或许我作为许曼妮在学校里的时日真的已经不多了，随着日子一天天消逝，越来越多关于我身份的难题开始显露出来，正当我开始接受这个身体，接受"许曼妮"这个人的时候，生活总是能很及时地给我一记当头棒喝，告诉我"她"其实并非真实的存在，也无法完美地融入这个复杂的世界。

傍晚下课后，和高子恒走在路上，我和他说起这件事情，他也显得很无奈。

"你究竟为了什么要回来？"他问我道。

"这个问题我从小到大的好朋友曾经问过我，我也无数次问过自己，一开始或许真的是为了好玩，但事到如今，我发现自己是想要被接受。"

"怎么说？"

"我问你，假如一觉醒来变成女人的是你，你会怎么做？"

"我？大概自杀吧。"高子恒哑然失笑道。

"说正经的。"

"这个问题我还真没想过，我觉得人终归是适应能力很强的动物，一开始我或许也会很慌张，会不知所措，但时间长了也就无所谓了，毕竟生活还得继续下去。"

"对，这正是我的问题，我喜欢许曼妮，并不仅仅因为她比范进好看、受人欢迎，仅仅因为她也是我的一部分，我总得这么生活下去，可我没法让全世界接受我，我甚至直到现在都只能瞒着我爸妈，如今我的未来是一个巨大的问号，我不想被当成异类，也不想失去我之前拥有的一切。"

"你会消失吗，在不远之后的某一天？"

"也许吧，但不会永远消失，我会等到我变回范进的那一天，或者这个世界足够包容的那一天。"

"我不知道该说些什么了，但我可以向你保证，无论如何，你都不会失去我的。"高子恒转过头来，很认真地看着我说道。

我有点被他的这番话感动了，但却不想在这大马路上光天化日之下潸然泪下，便假装很不屑地对他摆摆手道："行了，哥们儿，知道你撩姑娘厉害了，用不着在这儿说这些肉麻的，整得跟偶像剧似的。"

第二天晚上刚吃完晚饭，我就收到了一条信息。拿起手机一看，居然是沉寂已久的孙泽宇发来的，他所说的事情更是让我大吃一惊，他说刚看到我贴的寻猫启事，而他前几天刚好捡到了一只猫，不知道是不是我丢的那只。

我马上跑到他园区门口去找他，只见他手上抱着一只猫，看样子确实是神乐。

只不过让我感到奇怪的是，神乐此刻居然安安静静地趴在他的怀里，丝毫没有反抗的意思。

"怎么了，这是你要找的猫吗？"孙泽宇见我一脸错愕，便问我道。

"看样子是没错，只是它从来都不让男生碰它的啊。"

　　我试着伸手摸了它一下，它果然也没有抗拒，我心想，这也是邪了门了，这才几天没见，这只猫究竟经历了什么。

　　孙泽宇告诉我，前几天他回宿舍的时候看到门口有一只猫，好像是饿坏了，便把它带回去喂它点东西吃。他看这只猫很漂亮，不像流浪猫，心想应该是谁弄丢的，就把它先养在宿舍里，这天刚好看见我贴的启示就马上给我发了信息。

　　"谢谢你，你真是帮了我一个大忙。"我抱过神乐，对他说道。

　　"没事的，举手之劳而已，之前晚会的事情真的不好意思。"

　　"嘿，过去的事情就别提了，我改天请你吃饭吧。"

　　"这倒不用了……不过，我忽然想起一件事情，希望你能赏脸。"

　　"啥？"我琢磨着我原本只是想跟你客气一下，没想到你真的给根杆子就往上爬了。

　　"这周末我要去参加一个派对，你能做我的女伴跟我同行吗？"

　　"这……好吧，到时候你给我发信息。"我犹豫了一下，还是勉强答应了。

　　抱着神乐往回走的路上，我心想，上天真是有意思，让谁捡到神乐不好，居然让它到了孙泽宇那里，现在欠人家一个人情，又得被迫跟他产生关联。不过，现在终于把这小祖宗找回来了，我心里的一块大石头总算是落地了，因此也顾不了那么多。

　　走到我们学院的男生宿舍前，我打电话把崔世豪喊了下来，然后把神乐交到他的手里。

　　"啥情况这是，找到了？"

"不然呢，还能是我生出来的？"

"咋找到的啊？"

"你别问了，赶紧给苏琪送去吧。"

我兴冲冲地领着崔世豪把猫送到苏琪那里时，苏琪见到几天未见的神乐显得异常开心，抱着它亲了半天都不肯撒手，而见到苏琪的崔世豪则在一旁像罚站似的紧张得说不出话来。

"话说你在哪里找到它的啊？"苏琪忽然抬起头问崔世豪。

"这个嘛——"崔世豪转过头看着我，一脸的迷茫。

我心想，这下完蛋了，我一激动居然把这事儿给忘了，刚才确实应该跟他好好商量一下怎么跟苏琪说。

"噢，他前几天在宿舍门口看到一只猫——"我慌忙替崔世豪解释道。

"行了，许曼妮，不要再说了。"崔世豪忽然打断了我的话。

我一脸惊讶地盯着他，不知道他要干什么。

"苏琪，事到如今我不想再骗你了，你的猫是我弄丢的。"

"什么？"苏琪听到这句话也愣住了。

于是崔世豪把之前我和他的计划，包括丢猫的过程，全都一五一十地告诉了苏琪。我在一旁尴尬得一句话也说不出来，一边冒着冷汗，一边默默地想，这小子一定是疯了。

"所以，你的猫也不是我找到的，是许曼妮想再给我一次能和你接近的机会，但刚才我忽然想通了，我不想用这种欺骗的方式获得你的好感与感激。我知道之前当众跟你表白给你带来了困扰，我承认那是一次很愚蠢的行为，不过我是真心喜欢你，请你不要怪罪许曼妮，她只是想要帮助我，并没有什么恶意，我代她向你道歉了。这次真的对不起，如果你还要再扇我一耳光，我绝对不会躲开的——"

"够了，你也不要再说了。"苏琪打断他。

崔世豪站在那里闭着眼睛，做好了挨打的准备。

"你们俩啊，真是让我不知道该说些什么好了。"苏琪居然笑出了声，"其实我早就觉得不太对劲了。许曼妮，你大半夜拿着猫出去肯定是拿给谁的，我只是没想到她居然给了你，还是为了演一出戏来接近我，真是太小孩子气了。"

"对不起啊，苏琪，我也是一时脑子进水了。"见苏琪没有生气，我连忙搭话道。

"刚才看许曼妮拉着你来，我还想看你们俩怎么演戏呢，没想到你居然对我说了真话，我很佩服你的勇气。其实很多事情，何必用这些套路呢？真诚一点多好呀，更何况我也没有讨厌你，当初的事情，我早就不放在心上了，你为什么不试试看亲自来约我呢，就用你刚才那种坦诚的方式？"

"啊，真的可以吗？"崔世豪顿时欣喜若狂，差点跳起来。

"你还愣着干吗，赶紧的。"我拿胳膊肘捅了一下崔世豪，说道。

"咳咳……苏琪同学，我可以约你一起吃饭吗……那种很普通的吃饭，就只是吃个饭……"崔世豪顿时又开始语无伦次起来。

"好的，这周末吧，对了，咱们把微信加回来吧，就当是重新认识了。"苏琪露出了一个很灿烂的笑容。

"那咱俩——"我弱弱地问苏琪。

"咱俩当然还是好朋友，而且你看，神乐现在也变好啦，不再讨厌男生了，这也算是个意外收获吧。"

圆满解决了这次的丢猫危机，回到宿舍，我的心情大好，真没想到居然能够如此顺利，还顺便把崔世豪的问题也搞定了。话说这家伙刚才真是把我吓坏了，但他的表现真让我刮目相看，不过仔细想想，当年他要是早这么简单、真诚，或许结局早就不一样了吧。

正幻想着周末崔世豪和苏琪一起吃饭的场景，猛然想起自己周末也有约了，还是和孙泽宇这个让人头疼的角色，心情顿时忐忑起来。他无端请我一起去参加什么派对，到底有什么目的，实在是让人捉摸不透，不过究竟是不是鸿门宴，只能到时候见招拆招了。

自从神乐回来之后，这个小家伙经常跑来我们宿舍串门，而每次它来了以后都会十分自来熟地跑到我的椅子上趴着。如果我恰好坐在椅子上，它则会跳到我的大腿上，让我抚摸它，对于这突如其来的变化，大家都觉得十分惊讶。

所以说，猫这种生物，有时候还真是让人捉摸不透，它不会说话，因而你无从知道它的想法，更无法明白它心路历程的转变。

不过，对于会说话的人来说，想要被参透又是谈何容易的一件事情，毕竟人是会说谎的动物，哪句是发自肺腑的，哪句是虚情假意，总是包含着太多微妙的玄机。

这些天柳小絮似乎很是忙碌，每每看到她坐在书桌前对着电脑写些什么，我原本不是很想关心她的生活，可自从那天在宿舍里和她当面对质之后，我就开始悄然观察她，因为尽管大义凛然地说了一番豪言壮语，我还是有点忌惮她又对我耍什么心眼，在毫无防备之下被她整得很狼狈。

柳小絮一直以来都是一个谜，之前我也提到过，她家里极其有钱，却没人知道她家里到底是干什么的，她各方面都很优秀，社交能力也很强，却没见她谈过恋爱，有过什么亲密的朋友。这样的一个人总会让你羡慕到有些嫉妒，而又有些敬而远之，就像神话里那些闪闪发光的人物，你会津津乐道他们的故事，却从没想过要交一个这样的朋友。

在成为许曼妮的这段时间里，我改变了对许多人的看法，例如何艾、崔世豪，甚至是高子恒，他们都让我感受到了一个人可以拥有与刻板印象中完全不同的另一面，可直到现在柳小絮也没给我任何的悬念，一切都是我意料之中的样子。

不过，最近柳小絮一脸凝重而焦虑的模样让我感到有点新鲜。在这天上午的英国文学课上，她在做报告的时候居然把演示文稿里的单词都给拼错了，要知道她可是一个连英语工具书这种无关紧要的课程都能拿到满分的完美主义者，出这种差错还真是让人感到有些意外。

晚上跟何艾她们吃完饭回到宿舍，我看到柳小絮一脸懊恼地敲着她的桌子，似乎是在发泄着什么。

"怎么了柳大小姐？最近很是暴躁呢。"何艾轻描淡写地问了她一句。

"你会修电脑吗？"她转头问何艾道。

"我？你可别埋汰我了，不瞒你说，你就算把好的给我，我都能给你整报废了。"

"我的电脑好像中病毒了，很多重要的资料都打不开了。"

"你怎么不拿去学校外面的维修店修呀？"张雯问她道。

"我不喜欢外面的人碰我的电脑，我觉得不放心。"

我在一旁默不作声，莫名有些幸灾乐祸，心想，让你平时总是整我，现在遭报应了吧，我偏不告诉你我是我们宿舍唯一一个稍微懂点电脑的人，毕竟作为一个经常打游戏下小电影的男生，哪一个不是久病成医，谁还不会处理点小故障，重装个系统什么的，对不对？有本事你来求我呀。

不过，柳小絮好像看穿了我的心思，偏偏没有问我，这反而让我有点失落，回到位子上，自顾自地玩了。

到了快要熄灯的时候，我关了电脑，准备爬上床睡觉，却发现柳小絮依然坐在电脑前发呆，看她的背影好像很落寞。我迟疑了很久，最终还是没忍住，走过去拍了拍她的肩膀。

"干吗？"柳小絮不耐烦地问我道。

"你起来。"

"你要干什么？"

"我帮你看看。"

"你会修电脑？"

"怎么，你不相信我？那你继续吧。"

我假意转身想走，柳小絮一把拉住我，然后站起身来让我坐下。

我憋着笑坐在她的椅子上，然后熟练地操作起她的电脑。重启，进入安全模式，打开任务管理器，一条一条地查看进程，想要找到问题的所在。

"你这个情况吧，似乎是系统文件损坏了，我觉得重装一下系统比较快。"我信誓旦旦地对她说道。

其实大多数男生帮女生修电脑都是这个路子，找不到原因就直接重装系统。

"那要怎么重装啊现在？"

"没事的，我有系统盘，我先帮你把资料备份到我的移动硬盘里，大概一个小时就能搞定。"

由于宿舍马上就要熄灯了，我和柳小絮只好抱着电脑一起坐到楼道的楼梯上，把插头插在墙壁的不间断电源插座上。

夜晚已然清爽了许多，在等待拷贝与重装的时候，我和柳小絮并排坐着，默默遥望着远方的夜空，不知该说些什么，气氛显得有些尴尬，像极了当时和高子恒在学校外小旅馆里的场景。

"你为什么要帮我？"柳小絮憋了半天，忽然迸出了这么一句。

"我也不知道，大概因为我是个烂好人吧，看不得别人难受。"

"你是不是特别恨我？"

"还好吧，其实，就是前两天我特别想跟你打一架，就像当初跟何艾的那种打法，摁在地上往死里削，事后反而心里舒坦很多。"

"我不喜欢打架，小时候我爸我妈总是打架，后来我妈走后，我爸总是很少在家，总是我一个人，我直到现在都恨他们，长大后，他想要用他的钱来补偿我，但已经没有用了，我想告别有他的生活。"

"那你打算怎么做？"

"所以，我要走了，离开这个地方，我已经用他给我的钱赚到了一笔真正属于我自己的钱，这里早已没什么值得我留恋的东西了。"柳小絮的眼里露出了些许怅然。

"走？你要去哪里？"我有些惊讶地问她道。

"去美国，你现在帮我备份的就是我出国的资料，我最近一直在弄这些事情，所以很烦心，太多要准备的东西，而且时间仓促。"

"你准备什么时候走？"

"这个学期结束吧，直接移民，不会再回来了。"

"那这边的学业怎么办？"

"学历这种东西，又有什么要紧，到头来不过是一张纸罢了，而且我出国之后不是可以继续读书吗？"

听完柳小絮的这番话，我再次陷入了沉默，没想到她也和我一样，是一个准备逃离自己生活的人，只不过我们唯一的差别是，我是迫不得已，她则是自己选择的。

"搞定了吗？"过了一会儿，柳小絮问我道。

"搞定了，你的资料已经全部帮你拷回去了。"

"好，虽然很不情愿，但还是谢谢你。"她微微扬了一下嘴角，算是笑了。

"这么勉强，宁可别说，不过你要是真心实意地感谢我，我可能还更不习惯。"我把电脑递给她。

回到宿舍后，我刚准备爬上去睡觉，忽然想起了什么，于是回头轻轻喊了她一声："柳小絮。"

"叫我干吗？"

"下次整我之前，麻烦请先通知我一声，我好有个心理准备。"

"没多长时间了，我可没这个闲工夫。"

"噢，那晚安吧。"

"许曼妮。"柳小絮也轻轻喊了我一声。

"怎么了？"

"你还是继续恨我吧，这样我反而觉得自在一些。"

"恨一个人太累了，如果我是个男生，大概会喜欢你吧。"我对她笑了笑，说道。

听到这句话，柳小絮的眼里写满了我从没见过的东西。

　　周六下午孙泽宇把派对举办的地点发给了我，我一查地址，居然是市中心的一家夜店。对于一个曾经的宅男来说，别说去夜店，就连夜店到底是什么我心里都没有数，因此更加局促不安了。

　　见时间还早，我准备收拾收拾东西再出门，可就在整理的过程中，我无意看见了放在桌上的移动硬盘。

　　那天晚上帮柳小絮备份完文件，她电脑里的东西依然存在里面，没有删掉。我顿时有了一点小想法，可由于这种行为并不道德，我很犹豫究竟要不要这么做。不过，见宿舍里没人，在强烈好奇心的驱使下，我最终还是偷偷把移动硬盘插进了自己的电脑，然后查看起来。

　　可令我有些失望的是，柳小絮的电脑里除了学习资料、日常照片以及一些应用软件，并没有什么很值得注意的东西。然而细心的我发现，全部文件的大小和占用的空间大小有着微小的差别，这意味着里面肯定还有隐藏的文件夹。

　　果然，我点开"查看所有隐藏文件"后，发现了一个被命名为"X"的文件夹，里面存着许多照片，而让我感到万分惊讶的是，几乎所有的照片都是我的，大多数是趁我不注意的时候偷拍的，有我上课时的、吃饭时的、在舞台上时的，甚至有睡觉时的。

　　这下我彻底陷入了迷惑，柳小絮偷偷搜集了这么多我的照片究竟是要干什么，难不成她早就看穿了我的真实身份，所以一直暗中在调查我吗，还是她又在准备什么整我的方式？

　　想到那天晚上她看似真诚地跟我说了那么多话，最后却全是虚情假意，我的心里就越发生气，原来她一直都没打算用自己真实的一面来面对我，我还傻傻地在那儿自作多情呢，真的是太天真了。

坐在那儿生了不知多久的闷气，不知不觉已经快八点了，看时间差不多了，我关了电脑，随便扒拉了件衣服穿好就出门了。不知坐了多久的车，晚上九点我才到那家夜店的门口，发现孙泽宇早已在路边等候。

"许曼妮，你终于来了，派对已经开始很久了。"孙泽宇穿着件白衬衫，看起来显得很正式。

"话说这到底是个什么派对？"我问他道。

"我们学院和海外教育学院一起搞了一个单身派对，每个人都要带一个异性同伴来，我之前正愁不知该找谁，幸好你帮了我这个大忙。"

"海外教育学院？"

"对啊，都是外国的留学生，我正愁不知该怎么和他们交流呢，正好你是英语系的，可以帮我做翻译。"

我心想，你也真是哪壶不开提哪壶，我一个英语系学渣，平时最差的就是听力和口语，我自己能听懂两句就不错了，还帮你做同声翻译，简直是异想天开。

于是一边跟他随口客套，我一边走进了这家夜店。刚走进大厅，我就被震耳欲聋的音乐声震得耳朵生疼，只见一群男男女女在舞池里随着节奏疯狂地摇摆，这种场面之前我只是在电视上看到过，现在得以亲眼瞧见，我站在原地看得几乎愣了神，就好像乡村少女第一次进城似的。

正当我以为这就是所谓的派对时，孙泽宇把我拉进旁边的一个 VIP 包厢里。走进去一看，里面早已热闹非凡，除了少数几个中国人外，在场的大多数都是外国人，他们一个个穿得时尚精致，我低头一看自己又是一身去食堂吃饭的休闲装，这种与环境格格不入的别扭感立刻遍及我的全身。

在沙发上坐下后，孙泽宇便和周围的人介绍我，我也用蹩脚的英语尴尬地和大家打了声招呼，随后他们便以我迟到为由让我先喝三杯。

我看桌上摆着的一个个小杯子里都是黄色的液体，还以为是啤酒，端起来一饮而尽后差点飙出眼泪来。孙泽宇告诉我这都是加了冰的威士忌，但碍于面子我还是把接下来的两杯也喝掉了。

随后我们这一圈便玩起了游戏，但这些外国留学生显然不会热衷于"真心话大冒险"这种级别的玩法，他们搞了一个更加复杂的东西，叫作"Kings"，大致规则是，在桌上绕着一只杯子摆一圈扑克牌，在座的每个人轮流抽牌，所有人按照抽到的牌给出的指示来做。

例如抽到 2，抽牌人可以让任意一个人喝一杯；抽到 3 的人自己喝；抽到 5，所有男生喝；抽到 7，所有人都要指向天空，反应最慢的那个人喝，等等，规则异常地烦琐，我甚至都没有办法记全所有牌代表的含义。

　　而最凶残的则是抽到 A，所有人要完成一个叫作"Waterfall（瀑布）"的东西，从抽到牌的那个人开始顺时针一人一杯，一直喝到有一个人喝不下去为止。

　　结果还没抽几张牌，一个印度小哥就抽到了 A，随后所有人便开始了漫长的车轮战，一直喝了七圈都没有人停下来。这些外国人的酒量可真不是盖的，无论男女，个个面不改色，而酒量本来就不好的我刚走进来就已经喝了三杯，这一连十杯威士忌下来，我感觉自己实在是兜不住了，起身跑到卫生间就吐了起来。

　　吐完以后，我在洗脸池的镜子前仰天长叹，当初就不该答应帮苏琪养那只该死的猫。

　　回到包厢以后，我本想跟孙泽宇说我身体不舒服先撤了，他却非拉着我说派对刚开始，一会儿还有很多节目，等晚点再走。我只好坐下来，接着和他们一起玩这丧心病狂的喝酒游戏。

　　也就是在这样一个时刻，我开始怀念那个在海边的夜晚，跟这里比起来，就连柳小絮的音容笑貌都开始在我的脑海里变得万般亲切起来。

　　又过了一个多小时，不知是因为酒精还是音乐的作用，我在这种氛围中居然渐渐变得有点兴奋，嘴里也开始神神道道地出现一些语法混乱的英文句子，甚至拉着旁边一个白人小哥聊起来，毕竟我发现对面一个日本姑娘英语说得比我还差，我有什么不敢开口的，对不对？

　　在这个过程中，旁边的孙泽宇总是试图伸出手来搂我的腰，但每次都被我无情地推开了。我忽然警觉地意识到，孙泽宇这天把我喊来，该不是想把我灌醉，然后对我图谋不轨吧？想到这里，我有意控制了自己喝酒的量，遇到需要我喝酒的时候，我要么小抿一口，要么偷偷把酒倒掉，以保证自己不至于喝得太多。

不知不觉，到了凌晨时分，整个包厢里几乎已经瘫倒了一片，孙泽宇也躺在沙发上失去了意识，也几乎要醉倒的我环顾了一下狼藉不堪的四周，看到有的人趴在地上，有的人在墙角相拥亲吻，还有几个酒量好的依然在一边抽着烟一边吹着瓶，这颓废的场面不知该用什么语言来形容。

我刚想起身准备跑路，两个不知哪个国家的男生走过来，坐到了我的身边。他们俩说着我听不懂的语言，拿出一根烟来让我抽。我没想太多，接过来后就让他们替我点上了。可刚吸了两口我便感觉不太对劲，这个味道根本不像烟草的味道，但我还没来得及反应，一股怪异的感觉便直冲脑门，我感到一阵天旋地转，随后便渐渐失去了意识。

之后的我似乎被人抬上了一辆车，残存的潜意识里光怪陆离，不知是做梦还是出现了幻觉。

我感觉自己被一群人追赶，一路仓皇地奔逃，最终到了海边，像极了之前露营的地方。而面前茫茫的大海挡住了我的去路，我回头一看，几个外国人已经包围了我，拿着武器正对着我虎视眈眈。

就在我无路可逃的时候，身旁忽然出现了一个姑娘，她拉起我的手示意我跟着她往海里走。

"我们去哪儿？"我问她道。

"我带你去一个安全的地方。"

"可是我不会游泳啊。"

"没关系，你相信我吗？"

"你是谁？"

"这不重要，我只问你，你能够信任我吗？"

"嗯，我信。"我握紧了她的手。

随后她伸出另一只手，指向了海面，波涛汹涌的海水顿时被分到两边，从中间出现了一条道路，我们俩便一同往那条道路上跑。在跑的过程中，我又回头看了一眼，只见我们刚刚跑过的地方，海水居然重新合上了，那几个追来的外国人就这样消失在翻腾的浪花之中。

正当我扭头想要看清楚这个姑娘的脸时，我的意识渐渐恢复过来，迷糊中我感到自己头痛欲裂，身体僵硬得几乎无法动弹。

挣扎着从床上坐起来，我左顾右盼了一下，发现自己似乎在一个高档酒店的房间里，床又大又软，很舒服，屋里的摆设也精致考究。可低头一摸身体，我才发觉自己竟然全身一丝不挂，霎时间不禁寒毛倒竖，努力地想要回忆自己究竟是怎么到这里的，到底是谁把我的衣服脱光的。

正当我慌张得不知该如何是好时，卫生间里突然传来了一个熟悉的声音："你终于醒了啊，许曼妮。"

Chapter Nine

第九章

∾∾∾

我的心切慕你，如鹿切慕露水。

我转头一看，只见柳小絮擦着头发从浴室里走出来，像是刚
刚洗完澡。

"怎么是你？你为什么会在这儿？我为什么会在这儿？"

"既然醒了，你也去洗个澡吧。"柳小絮并没有理会我的问题。

"我的衣服都去哪儿了，到底发生了什么？"

"你刚吐了一身，我帮你脱了，放卫生间里了。你洗完澡出来
再说行吧，哪来那么多为什么啊你，十万个为什么吗？"柳小絮
不耐烦地催促我道。

于是，我只好有些尴尬地翻身下床，捂着身体迅速冲到了浴
室，因为地板有些湿滑，我差点一个趔趄跌倒在地。

在热水里冲了一会儿，我原本空白的脑海里渐渐回忆起先前
的一些片段：陪孙泽宇去夜店的派对，一起玩游戏喝了不少酒，
临走前被两个外国男生递了根烟，然后就什么都不知道了。我忽

然意识到这一切都是如此地蹊跷与不自然，联想到出门前看到的那些照片，我琢磨着这八成又是柳小絮玩的什么花招。

洗完澡，围好浴巾，我阴着脸走到床前，此时柳小絮正自顾自地拿吹风机吹着头发。

"你说吧，又想怎么整我？"我毫不客气地问她道。

"哈？许曼妮，你这狗东西，今天我可是救了你！"听到这话，柳小絮显得非常生气。

"救我？我发生什么了？"

"你他妈的被人下药了，差点被人侮辱了，你知道吗？"

随后柳小絮把事情的经过告诉了我。她在夜店的厕所门口看到两个外国人架着一个昏迷不醒的女生要往里面抬，于是上前阻止了他们，没想到那个人居然是我。之后因为时间太晚，回不去学校了，她就叫了辆车把我送到了这里。一路上我吐了几次，她开好房后便把我的脏衣服脱了，将我放在了床上。

"被下药了？难道是他们给我抽的烟里加了什么东西？"我自言自语道。

"不要随便喝别人给的饮料，不要抽别人给的烟，这点自我保护意识没有，你还敢一个人去夜店？"柳小絮一脸鄙夷地对我说道。

"我不是一个人去的，是孙泽宇约我来参加什么派对的……糟了，我似乎把他给忘了，他也喝醉了好像。"

"你就别替他操心了，他一个男生还能怎么样，你以后要来这种地方可以，记得少喝点酒，早点回去。"

"你不也这么晚了还在那里？"我有些赌气地回答她道。

"废话，这家夜店是我开的，我是股东之一，我干吗不能来看场子，而且如果今天不是我，你现在就等着哭吧。"

"噢，好吧……那个，谢谢你。"听她这么一说，我顿时便有些语塞了。

"不需要你谢我，就当是还你帮我修电脑的人情吧。"她对我摆了摆手，说道。

听柳小絮提起电脑的事情，我又想起那些照片来，可是照目前的状况来看，这次确实是她帮了我，因此我只好把快要问出口的话咽了回去。

"那现在怎么办？"沉默了片刻，我弱弱地问她道。

"还能怎么办？把头发吹干，睡觉咯，都凌晨三点多了，离学校又那么远，你难道要再打车回去吗？"

"那咱俩……睡一张床？"

"酒店只剩下大床房了，都是女生，有什么大不了的？你觉得尴尬，那就在地上坐一晚上吧，我先睡了。"说罢，柳小絮关了灯，钻进了被子里。

我猛然意识到这一幕竟是如此地似曾相识，与那个雨夜我和高子恒的对话简直如出一辙。

在卫生间吹干头发之后，我轻手轻脚地走到了床边，然后爬进了被子中。此时柳小絮在床的另一侧背对着我，发出均匀的呼吸声，像是已经睡着了。

可我躺在床上怎么也无法入眠，脑海里全是从认识柳小絮到现在的各种画面与片段，心里真是五味杂陈。我默默地想，假如我还是男生，在这样的时刻应该会感到有些兴奋吧，毕竟和自己曾经喜欢的女生躺在同一张床上，可是如果我还是范进，自然也不会和她产生这么多的恩怨情仇，人生真是充满了各种无解的矛盾与悖论。

想着想着，我在黑暗中侧了个身朝向床的里侧，忽然发现，不知什么时候柳小絮也把脸朝向了我这一边，因此我们俩的鼻子几乎都要碰到一块儿了，但我愣是没敢再动一下，生怕把她弄醒了。

如此维持着不到两厘米的距离，我紧张得大气都不敢喘，而柳小絮的气息却无时无刻不在触动我的鼻翼。她身上的味道很好闻，不仅仅是刚洗完澡后沐浴露的芬芳，更多的是她身上原本的那种气味，因为之前并没有离她这么近过，我还是第一次如此强烈地感受到这种气息。随着时间的推移，我的心不知为何开始怦怦狂跳起来。

而她呼出的气吹在我的脸上，让我的脸颊无端有些痒痒。我慢慢地从被子里抽出手想要偷偷挠一下，却突然被柳小絮一把攥住了。

"许曼妮。"她闭着眼睛喊我道。

"啊？你……你没睡呢。"

“我问你一件事。”

“你说。”

“迎新晚会上你说的话是真心的吗？”

“我说了什么？”被她这么一问，我脑子里顿时有些短路了。

柳小絮没有接着问，也没有睁开眼睛，而是把脸缓缓凑了过来。

或许是来不及闪躲，或许是压根儿没有想要闪躲，我就这样让她吻上了我的嘴唇。

这一切都发生得太过突然，我的脑海里空旷得像创世前的混沌一般，只感受到两片柔软的东西覆盖着我的唇齿，翻滚交融，温暖而湿润。

然而，随着脑海里的一道闪电划过，我猛地一把将她推开了。

对于我这个突然的反应，柳小絮显得有些始料未及。她愣了一会儿后，默默起身打开了床头灯，然后靠着床板点起了一根烟，把我晾在了一边。

慢慢缓过劲之后，我开始为刚才发生的事情羞耻到有些无地自容，将被子蒙住脸后，我满脑子都是浓稠的糨糊，感觉自己像做了一个可怕的梦。

“许曼妮。”

“嗯？”听到她叫我，我把头微微探出了被子。

“对不起。”

“为什么要道歉？”

"这个嘛，我也不知道……算了，睡觉吧。"说罢，柳小絮再次把灯关上了。

于是，房间就这样陷入了天亮之前那最彻底而沉重的黑暗。

我裹紧了被子背对着柳小絮，莫名希望她能够从后面抱着我，但一直到我睡着，她都没有这么做。

第二天中午我被一通电话吵醒，接起来一听，是孙泽宇打来的。他说他醉了一晚上，现在刚醒，问我是否平安无事，并向我为前一天的照顾不周道歉。我迷迷糊糊地随便应付了几句，根本就懒得听他随后又唠叨了些什么。

匆匆挂了电话，我起身发现床头摆着买来的早餐，脏衣服也已经干洗好，挂在了衣架上，而柳小絮却早已不见了踪影。

回想起前一晚的事，我依然无法相信一切都是真实发生过的，我无法定义那究竟算是什么，不知道自己是开心还是难过，抑或恐惧，也完全丧失了对柳小絮的判断力。

吃完东西，穿好衣服，退了房，我一个人打车回了学校。到宿舍门口的时候，我犹豫了很久都没敢进去，因为不知该用什么样的表情去面对柳小絮。

可就在我站那儿发呆的时候，门忽然开了，开门的是何艾，她看到我时显然吓了一跳。

"我的天，许曼妮，你昨晚去哪儿了？"

"那个……去喝酒了。"

"喝酒？就你这酒量还能喝通宵啊，没出什么事儿吧？"

"没，主要是后来时间太晚就没回来。"

"没事就好，我还以为你和柳小絮打架了呢。"

"哈？打架？为啥你会这样认为？"我听完，差点笑出声来。

"你之前夜不归宿不就是因为跟我打架吗，而且柳小絮也一夜没回，我还以为你俩又怎么了呢。"

"她直到现在都还没回来呢？"

"没有。"

我琢磨着，柳小絮大概也在故意躲着我，真是没想到这一切竟会发展成现在这个鬼样子。

接下来的一整天我都活在一种恍惚之中，不知道自己究竟干了什么、吃了什么，只是坐在电脑前对着屏幕发呆，可是心脏始终在胸腔里不停地狂跳，这种呼之欲出的撞击感，与其说像刚刚在操场上跑完了几圈的疲惫，不如说更像考试作弊时偷看书桌里小抄的那种紧张。

晚上去浴室洗澡的时候，我擦拭着身体，不禁再次回忆起前一天夜里的场景，一种不可名状的羞耻感顿时又从脖颈爬上了面颊。我感到十分难以置信的并非只是柳小絮对我所做的事情，而是我一开始对此不仅不排斥，还伴随着如此强烈的渴望，这是我成为许曼妮之后从未感受过的。

我不知道这意味着什么，只是感觉到了危险，人总是认为自己是世界上最了解自己的人，然而当你有一天发现你对自己根本一无所知时，有些一直支撑你的东西便会从内部开始崩塌。

直到第二天早晨上课，柳小絮依然处于失踪的状态，这对从不翘课的她来说真是史无前例。去教室前，我鼓起勇气给她发了个信息问她到底去了哪儿，她没有回复我，我不禁开始有点担心她。

心不在焉地到了教室，我一眼就看到在后排手舞足蹈的崔世豪，他看到我来，一个箭步冲到我的面前。

"许曼妮！"

"干什么？"我被他给吓了一跳。

"我要谢谢你。"

"谢我干什么？"

"周末我和苏琪一起吃饭啦！"

"噢，这我不早就知道了嘛。不就是吃个饭而已，又不是订了婚，有必要跟吃了兴奋剂似的吗？"

"但是我真的好开心啊。"

"行了行了，你先到一边去冷静一下。"我压根儿就没有心情理他。

"你知道特别喜欢一个人的感觉是什么样的吗？"崔世豪依然在我耳边喋喋不休。

"滚啦，我不知道。"

"就是那种……一天到晚脑海里都是她，无论干什么都魂不守舍，即使只是一起吃了顿饭，我的心直到现在都还在怦怦地跳个不停……"

听崔世豪说完这话，我忽然愣住了，如同被闪电击中一般无法动弹。

"行啦，你这到底是要念叨到什么时候啊？！"高子恒此时也不耐烦地走过来，打断了崔世豪，然后跟我打了个招呼："早啊，许曼妮，拜你这红娘所赐，这小子已经在宿舍里抽了两天的疯了。"

"早，我也有点后悔了。"我无精打采地应了他一句。

"你说你俩哪天要是在一起了，你不得直接疯了啊，就和那谁中了举人似的……"高子恒对崔世豪笑道。

"哈哈哈，范进中举吗……对了，那小子现在怎么样了，我好久都没听说他的消息了。"崔世豪被他这么一说，顿时想起我来了。

我抬起头狠狠地瞪了高子恒一眼，做了一个要掐死他的动作，示意他赶紧闭嘴。

"噢，他的病快好了。"

"真的吗？他跟你说了？"

"是啊，他现在很努力地配合治疗，以积极乐观的态度面对生活。"高子恒转头对我眨了眨眼睛。

"说真的，我莫名挺想他的，不过我直到现在也不知道他到底得的什么病，之前问他，他总是支支吾吾的，总感觉是什么见不得人的病。"

我在一旁干笑了两声，心想，这小子一定打死也想不到我现在就站在他的面前，并且就是那个想打死他的人。

不一会儿，崔世豪走开了，高子恒把我拉到教室外，问我道："你怎么了，看起来似乎有心事？"

"我挺好的。话说你能不能说话注意点，别老在那儿含沙射影的，听得我心惊胆战的。"我抱怨道。

"对不起对不起，我就是一时没忍住。"高子恒连忙向我道歉。

"对了，我问你件事。"

"你说。"

"你和你前女友第一次那个啥的时候，是什么感觉？"

"什么那个啥，哪个啥啊？"

"就是那个……"

"噢，你是说……那个啥？"他拍了三下手，问道。

"不是，我是说接吻，你个废物，每天都在想些什么呢？"

"哦，你问我这个干啥啊？"

"你别管，我就想了解一下。"

"这……能有什么感觉啊，就觉得挺开心的呗。"高子恒尴尬得嗓子都有些沙哑了。

"是吗？那你女朋友是什么感觉？"

"这我怎么知道，你去问她啊……我×，你今天到底是咋了，忽然问我这些奇奇怪怪的问题，该不是真心话大冒险玩上瘾了吧？"

"算了算了，快上课了，我们进去吧。"我红着脸转身进了教室，留下高子恒一个人在原地凌乱不堪。

　　然而正当我梦游般地上完一节课时，课间老师忽然把我叫了过去。

　　"许曼妮同学，你好像并没有参加期中考试，我在教务系统里也查不到你的信息。"这和之前何艾问我的话如出一辙。

　　"这个嘛……可能是系统出了问题吧，怎么可能发生这种情况呢？"我假装一脸惊讶地回答道。

　　"你先不用着急，我已经帮你跟学院那边反映过了，学院说已经在着手调查了，应该很快就会出结果了。"

　　听老师说完这话，我不禁出了一身的冷汗，我原本以为，即使老师找我，我随便搪塞一番后，他们也会让我自己去处理，所以还能瞒上一段时间，没想到这热心肠的老师直接帮我去跟学院说了，这下麻烦可就大了。

　　回到宿舍后，我给徐小曼打了个电话，把这个情况告诉了她。

　　"所以说，也差不多到了你该回来的时候。"她听完，叹了口气道。

　　"是啊，只是没想到这一天居然会来得这么快。"

　　"那你打算什么时候走？"

　　"两三周之内吧，要是等学院调查完，我的身份估计就彻底瞒不住了。"

　　"那你准备以什么理由离开？"

　　"哪有什么理由，只能偷偷地溜走，像个逃兵一样，否则你要我怎么跟大家告别？"

"我觉得你还是得想个办法，不然还是会有点麻烦。你想啊，假如有一天你忽然消失了，你的舍友肯定会很奇怪，会打电话发信息问你吧？你不回复的话，她们要是担心你，去报警了怎么办，到时候满学校地找你，调监控查你的去向，搞得沸沸扬扬，这不是你想要的结果吧？"

"你这么一说倒也是啊，那你说我该怎么办啊？"

"我暂时也想不到，你自己还是好好考虑一下吧。"

徐小曼提醒了我，我顿时陷入了一种巨大的焦虑，当初回学校的时候只顾着自己开心，从没仔细想过这些问题，现在这都成了麻烦的隐患。

回头看这些日子，起初以为开始一段新的生活会很艰难，竟也一路走过来了，不知不觉过了这么长时间，可当即将离开这一切时，却发现居然是如此不容易。

或许告别从来都不是一件容易的事情。

这周五深夜，刚准备上床睡觉，我就收到了一条信息，拿起手机一看，竟是失踪多日的柳小絮发来的。

"你睡了没？"

"还没，你在哪儿？"

"我回学校了，现在在上弦场这儿。"

"你等我一下，我马上过去找你。"

　　慌乱地穿好衣服后，我立马便飞奔出了宿舍，往她所说的地方跑去。上弦场是一个很大的操场，位于我们学校大礼堂的后面，它半椭圆的形状很像上弦月，因此被命名为"上弦场"。由于这个地方很安静，又有很多的阶梯看台可以坐，于是成了很多情侣除了芙蓉湖之外另一个夜会的场所。

　　因为夜已深，这里已经没有多少人了，我一眼就看到了独自坐在阶梯上的柳小絮，于是走过去，坐在她的身边。

　　"你到底去哪里了，一整周都杳无音信的。"我开口直接问她道。

　　"怎么，你在担心我吗？"她拨了一下散着的头发，转过头看着我说道。

　　"才没有，我就是好奇罢了。"我有些赌气地嘴硬道。

　　"那天从酒店出来，我去机场买了张机票就飞回家了，去弄签证的事情。"

　　"你就这样走，什么行李都没带啊？"

　　"是啊，有什么可带的，反正是回家，家里什么都有。"

　　"我不信，我看你只是在故意躲着我吧。"

　　"既然你心里清楚，又何必拆穿我呢？"

　　随后我们俩相视一笑，陷入了短暂而默契的沉默。

　　"那……签证的事情搞定了吗？"

　　"嗯，差不多都准备好了，我明年年初就走。"

"真的走吗？"

"不然呢，说着玩儿的吗？"

"噢，好吧。"

这一刻我原本有一肚子的话想要问她，但却像有什么东西哽在喉咙里，无论如何也说不出来。

"你一定想问我，这么晚把你喊出来，是不是有什么重要的话要对你说，对吧？"柳小絮仿佛看穿了我的心思。

"谢谢你啊，如果你要是说就只想约我吹个风，我可能会把你打死，埋在操场中央的。"

"许曼妮，我喜欢你。"

"我知道，但我很疑惑。"

"你在疑惑这一切究竟是怎么发生的，对吧？其实我也不知道，我觉得认识你的这几个月是我这么多年人生中最无法理解的一段日子。从小到大我一直都是个很优秀很骄傲的人，尽管父母离异给我的童年带来了一些无法愈合的创伤，但我努力让自己过得洒脱，只为自己而活，甚至到了有些无情的程度，所以大家或许会羡慕我、评价我，却没有人能够真正接近我。"

"那你谈过恋爱吗？"

"我也曾试着去谈恋爱，可无论男生还是女生，在我的眼里都没有什么差别，跟他们在一起让我感到别扭，我对他们产生不了真正喜欢的感觉，虽然混迹在不同的圈子里，但全是无聊的逢场作戏，精神上的空虚感始终挥之不去。以至后来的很长一段时间里，我认定自己是一个'无性恋'。"柳小絮说到这里，露出了些许无奈的神色。

而我听到这个词的时候，心里则不禁"咯噔"了一下。

"那你为什么对我——"

"你听我说完，一开始认识你的时候，我确实对你有些反感，一个不知从哪儿冒出来的交流生忽然闯进我的生活，没头没脑，大大咧咧的，像个傻瓜，从不化妆，也不在意自己的衣着打扮，甚至连大姨妈来了都不知道。说真的，我从没见过一个如此不像女生的女生，我觉得这不是真实的你，一切都只是你的伪装，所以才一直跟你过不去，想要让你出丑，看看你究竟能坚持多久。"

"原来是这样，我还以为是我什么地方无意冒犯了你呢，害我每天都活得很紧张。"我无奈地对她笑道。

"但随着时间的推移，我发现我不过是嫉妒你，嫉妒你这么简单、这么纯粹依然能讨得所有人的喜欢，而我努力地让自己在各方面都做到完美，却无法让大家真心对我，这让我感到挫败，让我觉得自己这么多年精心规划的人生是毫无意义的。现在想来，也许我才是那个活在面具里的人吧，感谢你让我意识到这一点。"

"并不是这样的，柳小絮，你真的是一个特别好的人，只是不太懂得怎么表达自己的情感，其实我才是真的羡慕你，你长得又好看，能力又强，还多才多艺，相比起来，我觉得自己真的太卑微了。在来到这里之前，我是一个一无是处的人，什么都普普通通，没有人在意我、关心我，我也只活在自己的世界里，对周遭的一切、对未来都毫无想法，这次成为交流生，你们都教会了我太多的东西，我要感谢你们才是。"说到这里，我不禁有些伤感。

"嘿，你说咱俩这到底是在干啥呢，跟录电视情感节目似的。"柳小絮笑出了声。

"那你是从什么时候……开始喜欢我的？"

"或许是在迎新晚会之后吧，你在台上的那些话也许并非真心，但却莫名让我觉得很受触动。从那以后我总是很留意你，可惜我还是找不到面对自己的勇气，只能跟自己生气，因此对你的态度还是那个样子，大概是我真的幼稚吧，想用这种方式引起你的注意。"

"所以你才偷偷拍了那么多我的照片？"

"你是怎么知道的？"柳小絮显得很惊讶。

"那个……不好意思，你之前备份的资料我偷偷看过了。"

"唉，真的是太丢人了，我也不知道自己为什么要这么做。"

"没关系呀，你不用告诉我为什么。"

"那你喜欢我吗？"

"这……"

"行了，你也不用给我答案，无论你的回答是什么，都不会让我开心。我今天跟你说这么多，只是为了解开自己一直以来的心结，不是来跟你要一个结果的，那天晚上的事情，我们都忘了吧。"

我原本几乎打算把自己的一切全都毫无保留地告诉柳小絮了，但听她这么一说，到嘴边的话又通通咽了回去。或许对我来说，这并没有任何的意义可言，无论她的反应如何，终归无法改变她即将离开这个事实，而我也不会在这里停留太久。

这是她和许曼妮之间的故事，可许曼妮是我，又不是我，这些日子注定只不过是一场幻梦。

我转头看着她的侧脸，风吹起她的长发，美得仿佛空气里都飘浮着旋律，就像那首歌中唱的那样："在四季的风中她散着头发，安慰着时光。"这画面像极了大一刚入学时在人群里第一次见到她的场景，那是我最初喜欢上她时的模样，那一天仿佛就在昨日，却又是如此遥远。

她见我盯着她看，便将头轻轻靠在我的肩膀上，我们俩就这样坐着，一言不发，直到远处的天微微放亮。

南方的每一年几乎都只有两个季节，那就是夏天与冬天，春天和秋天总是短暂得毫无存在感可言，如同晚会的主持人出来报了个幕，还没站稳脚跟便匆匆退了场，大多数时候总是伴随着一场大雨，迅速地进入酷暑或寒冷，情绪化到让人猝不及防。

11月初天气依然有些燥热，到了月底已然冷得让人足以迎风流泪了，进入12月，大家更是都把衣柜里还来不及晾晒的厚衣服都翻了出来，马路上从此再也看不见白花花的手臂与大腿了。

对于一开始并没有买冬天衣服带到学校来的我，天冷之后开始犯了难，因为我已经在筹划随时溜回家的事情了，再给自己增添无谓的行李无疑会加重我跑路的负担。

幸好我和柳小絮的身形差得不多，她见我总是穿着单衣冻得瑟瑟发抖，便把多余的外套借给我穿。见我穿着柳小絮的衣服，何艾一副价值观崩塌的表情，她怎么也想不明白为何我和柳小絮最近不仅不互相较劲了，反而变得如此亲密起来。

其实这段时间我和柳小絮并没有经常在一块儿，在众人面前我们俩表现得很平常，只是在闲暇时偶尔会一起吃个饭，到了周末陪她去外面走走。我们的关系看起来更像普通的好闺密，只不过那种超越友情的感觉在彼此心中始终挥之不去，使得独处时气氛中难免总伴随着暧昧的味道。

如果说当我还是范进时对柳小絮的喜欢更多的是一种仰慕，伴随着生理冲动与求之不得的痛苦，现在的这种喜欢让我感到放松，只想多看看她，多在她的身边待一会儿就足够了，至于未来怎么样，我并不在意。我渐渐开始明白"喜欢"的含义没有那么狭隘，它并非仅仅充斥着欲望和占有、满足与得失，它标记了茫茫人海中某一个特别的个体，让你原本平淡无奇的生命开始有了色彩，有了意义。

只可惜美好的事物终归短暂，时间的齿轮终将把每个人捣碎，再研磨成精细的粉，撒向一个个未知的未来。

这天下午，宿舍里没有人，我默默开始收拾自己的东西，准备先往家里寄一些，这样走的时候就不必带太多的行李了。而理由我也已经想好了，离开之前告诉所有人家里出了点事情，需要我马上赶回去，所以不能等学期结束后再走了。

　　至于到时候该如何与柳小絮道别，我却始终没有想法，原本以为可以等到她出国后再独自离开，没想到我却要比她先走一步，不知道我走后她会不会追问我理由，甚至跑来找我，当然更或许这些都只是我的一厢情愿罢了。

　　在收拾书桌的时候，我一不小心把桌上的杯子弄倒了，水洒得满地都是，刚想要找东西来把地板擦干净，却被放在地上的箱子绊了一下，于是就这样重重地摔了出去，胸口恰好撞在凳子上，疼得我半天都爬不起来。

　　在地板上眼冒金星地坐了一会儿，我开始感到有一丝不太对劲，这一撞尽管没有让我受什么伤，可是胸口的一根肋骨却疼得出奇，胃里也开始翻江倒海，这感觉比喝多了还要难受。随着时间的推移，这种恶心的感觉越来越强烈，我挣扎着爬起来，冲到了卫生间的隔间里，对着马桶吐了起来。

　　不知吐了多久，我的意识越来越模糊，身体也越来越热，于是趴在马桶上渐渐失去了知觉，而脑海里又开始出现奇怪的梦境。

　　我发现自己被钉在上弦场中央一个巨大的十字架上，四周围满了人，他们一边咒骂着我，一边朝我扔着石头。

　　"骗子，叛徒，异类，烧死这个恶魔！"

　　随着喊声越来越大，人们在我的脚底点燃了火堆，熊熊的火焰炙烤着我的身体，使我痛苦不堪，几乎无法呼吸。

　　就在我感觉自己即将死去的时候，天上出现了一道光，一个天使模样的人缓缓降临在我的眼前，她熄灭了大火，轻柔地抚摸着我的脸，呼喊着我的名字。

"你已经历经了所有的苦难，完成了你的救赎，到了该复活的时候了。"

随后我从十字架上解除了束缚，平缓地落在地面上，周围原本愤怒的人目睹了这般神迹之后，也虔诚地跪倒在四周，开始对我顶礼膜拜。

随着隔壁响起的一阵冲水声，我从这个短暂的梦境中苏醒过来，从地上站起身来，浑身不适的感觉已经消失，只是耳畔似乎清爽得有些不太自然，伸手一摸头发，一种不祥的预感顿时让我透体冰凉。

我打开隔间的门，冲到洗脸池前一照镜子，我最不愿意看到的一幕画面果然呈现在眼前。

范进回来了。

Chapter Ten

第十章

ᖪᖪᖪ

人的道路不由自己，行路的人也不能定自己的脚步。

然而还没等我反应过来，刚才冲水的那个隔间里马上有人要开门出来了，我情急之下慌忙用衣服遮住脸，一溜烟跑回了宿舍，从里面反锁了门。

习惯性地摸了摸胸再摸了摸裤裆，我绝望地仰天长叹，这下可糟了，好死不死，偏偏在这种时候这个地方毫无征兆地变回了范进的身体，现在我该怎么办，该何去何从？

但我并没有多少思考的时间，因为再过一会儿宿舍里的其他人就该回来了，我穿着一身女装以这个身体出现在女生宿舍，不被当成变态打死才怪呢，无论怎样，先跑再说吧。

我把箱子里所有打包好的衣服都重新拿出来，丢进了衣柜，将手机、钱包、电脑、充电器等重要的物品装了进去，然后拿围巾遮住了脸，提起箱子从宿舍里仓皇出逃，像极了当时从男生宿舍往外拿东西时的情境，只不过这一次比上一次更加惊心动魄。

幸好一路上都没有遇到什么熟人，我很顺利地便跑到了园区门口刷卡出去了。站在马路边，我顿时陷入了巨大的迷茫，如果我现在去买张票坐大巴回家吧，这一身女装简直太引人注目，可是，不走吧，提着个大箱子也没落脚的地方啊。

万般无奈之下，我只好拿出手机给高子恒发了个信息，让他现在无论在做什么，立刻到上弦场边上一个僻静无人处找我。

过了大概半小时，高子恒才慢腾腾地到了约定的地点。

"我刚才上公共课呢，你这急匆匆地把我喊来到底啥事啊……哟，你这是要走了吗？"见我提着个箱子，高子恒一脸的疑惑。

我缓缓地解开了围在脸上的围巾。

"啊啊啊……"高子恒像见到鬼一样连连后退，嘴里的惨叫声响彻云霄。

"你赶紧闭嘴！"我冲上去，一把捂住了他的嘴。

"我的天，你咋变回来了啊？"可能由于受到太大的惊吓，高子恒的眼角几乎泛起了泪光。

"我刚才在宿舍摔了一跤，然后莫名就变回来了。"我用生无可恋的眼神瞪着他，说道。

"这也太突然了吧……那，现在该怎么办？"

"我也不知道怎么办，我们宿舍的人暂时还没发现我失踪了，我现在在想我该去哪里躲一躲，至少先把这身衣服换了。"

"回男生宿舍吧，现在宿舍里刚好没人，你之前的冬天衣服还在衣柜里吧？"

"对哦，我怎么就没想到呢？！"我一拍脑门，说道，"可是崔世豪他们要是回来了，怎么办啊？"

"现在离下课时间还有一个多小时呢，我们赶紧的。"

说罢，高子恒便拉着我一起跑回了男生宿舍的大门口，往里面走的时候我那叫一个胆战心惊，都不敢看周围的人，生怕被熟人认出来。

终于回到了久违的宿舍，我和高子恒坐在椅子上气喘吁吁，相顾无言。

"你盯着我看啥，还不赶紧把衣服换了。"高子恒对我说道。

"你在这儿看着，我不好意思。"

"得了吧，现在都是男人了，有什么不好意思的？"

于是我起身，开始一件件地脱衣服，当脱到只剩内衣的时候，高中恒在一旁笑出了声。

"你他妈的笑啥啊？"我转头对他吼道。

"噗，对不起，我真的忍不住……范进，你真的……唉，你让我冷静一会儿。"高子恒捂着脸在一旁都快笑岔气了。

我实在懒得理会他，继续把女装都脱下，藏进了衣柜，再换上许久未穿过的范进的旧衣服。搞定之后，我走到镜子前一照，一切都完美地恢复了原状，已然看不到任何许曼妮的痕迹了。

"怎么了，见到久违的我，你似乎并没有很开心啊？"我走到高子恒面前，拍了拍他的肩膀，说道。

"你自己好像也没有很开心吧？"高子恒抬起头，斜了我一眼道。

听他这么一说，我才发现自己似乎确实如此，按道理来说，在历经如此多的波折之后终于回归了本体，涅槃重生，是一件天大的喜事，值得我为之欢呼雀跃。可在短暂的惊慌失措后，我现在居然出奇地平静，甚至莫名多了几分淡淡的失落。

"我也不知道为什么，可能是变成女人太久，现在有点不习惯吧，还需要点时间适应一下。"

"嗯，我也需要一点时间适应适应，这感觉还真的有点别扭……那接下来怎么办，你准备去哪儿？"

高子恒的话音未落，宿舍的门就开了，原来是崔世豪提早回来了。他见到我之后愣了几秒钟，然后便跑过来一把抱住了我。

"啊！范进，你回来了啊！"他显得很激动，抱得我几乎喘不过气来。

"呃……是啊。"

"你的病好了吗？"

"对……对啊，你看我这不是好好的？"我有些尴尬地对他笑道。

"你等等啊。"崔世豪说罢，走出宿舍，对着门外大喊道，"大家快过来看哪，范进回来啦！"

这一喊可好，其他宿舍的男生纷纷拥到我们宿舍来看我了，就连隔壁日语系的郭凡他们也过来了。见到我，他们一个个都很惊讶，顿时便把我围在了中间，开始问东问西。

"啥时候回来的，咋也不事先通知一声？"

"你没事了吧，什么病得休学这么久？"

"你还走吗，还是现在就回来上课了？"

………………

我一边随口应付着这些问题，心里一边暗骂崔世豪这个家伙真是个祸害，原本打算悄无声息地回家，这下搞得众人皆知，想走都走不了了。

众人都散去后，崔世豪提出当晚宿舍一起去学校外面聚个餐，庆祝我归来。然而我并没有多少心情，毕竟还惦念着该如何解释许曼妮忽然消失。

"范进，你知道吗，我们班这学期来了一个交流生，长得可好看了，应该是你喜欢的类型，不然今晚我把她也叫来一起吃饭？"崔世豪忽然对我说道。

"啊？不用了吧，我……我又不认识她，这样多尴尬啊。"我慌忙拒绝他。

"哎呀，有什么关系？她人可好了，一起吃个饭就认识了，等我给她打个电话啊。"说罢，崔世豪拿出了手机，开始拨号。

高子恒见此情景瞪圆了眼睛，在一旁给我使了个眼色。我愣了两秒钟才猛然意识到什么，赶紧偷偷把口袋里的手机静音了。

"奇怪了，电话没人接，我一会儿发信息问问她。"崔世豪自言自语道。

"那个，我看还是算了吧，今晚就我们宿舍自己吃吧，以后有的是机会认识。"高子恒在一旁打圆场道。

崔世豪出去上厕所后，高子恒让我索性就在宿舍里先待一段时间，毕竟这么多人都知道我回来了，又急着走实在太可疑了，而且我得给许曼妮的消失找一个合理的理由。

我点点头，冲着他露出了一个苦涩而自嘲的笑容，伸手习惯性地想要把头发拨到耳后，却发现那里的一切早已荡然无存。

在变回范进的当天晚上，我用许曼妮的微信给所有人发了信息，告诉他们，我家里出了很大的事情，需要我立刻回去，所以我临时买了张机票就飞了，而这一走估计就不会再回来了，下学期我也要回到我原来的学校上课了，希望大家能原谅我仓促的不辞而别。

此外我还特意告诉何艾，我没来得及带走的东西，请她帮我打包一下，过段时间寄给我就好。

对此大家的反应都有些意外，但最终都表示可以理解，就连柳小絮都没有追问我具体的缘由。我们简单地交谈了几句后，她只希望我能照顾好自己，没有说过多矫情的话语，大概是因为文字本身仅仅是冰冷的符号吧，我并不能知晓她究竟是怎样的一种心情。

最后，她只是淡淡地说，原本希望我能在她走的那天送送她，没想到来不及好好地道别。

在和柳小絮聊完之后，我退出了许曼妮的账号，将手机卡抠了出来，锁进了抽屉里。也就是在这样的一个时刻，我感到一股发自内心的悲伤，让我几乎无法控制地潸然泪下。我不知道自己究竟在难过什么，按理说，我的人生危机解除了，我的未来也回归了可以把控的正轨，可是我却无端开始缅怀那个原本并不存在的人、那场不可思议的梦。

崔世豪从刚才到现在一直在一旁跟我唠叨这一个学期发生的种种趣事，其中每一件事情我都经历过，却又像从未发生过那样遥远。

夜深了，我爬上自己许久未睡过的床，躺在黑暗中久久无法入眠。我摸了摸依然有些疼痛的胸口，不知道许曼妮是否就住在里面，但这早已无关紧要了，或许她早已和我融为一体，成了我的一部分。

第二天上午，还在休学期的我原本并不需要去上课，但因为心里惦记着柳小絮，在床上翻来覆去了很久，终于忍不住，起了床。

果然，迟到的我一出现在教室门口，全班都发出了一声惊呼，我有些不自在地和大家打了个招呼，然后快步往后排走去。恰好柳小絮旁边的位子是空的，我犹豫了一下，还是走过去，坐在了她的旁边。

在和她眼神交错的那一刻，我的心止不住地狂跳。我坐下后，她盯着我看了很久，不知是我多虑了还是过分紧张，我总感觉她眼神里有一丝异样。

由于课本都遗落在女生宿舍里，我在座位上只能两手空空地对着讲台，都不知道该把手往哪儿放。这时柳小絮把她的课本往我这边挪了挪，示意我可以跟她一起看。

也许是因为恢复了男儿身，体内的雄性激素又开始悄然作祟，和柳小絮挨得如此近让我有了一些生理上的反应，她身上熟悉的气味让我浑身发烫，在这颇有些寒冷的日子出了一额头的汗。

"你……什么时候回来的？"过了半晌，柳小絮忽然小声问我道。

"昨天。"我紧张地咽了口唾沫。

"哦？昨天……"

"怎么了？"

"没事。"柳小絮自言自语了一些什么，又埋头做起了笔记。

"听说你要走了？"

"嗯，下个月初出国。"

"既然都要走了，为什么还要这么认真听课？"

"你明天要死，今天就不吃饭啦？"

见柳小絮这种说话的态度，我算是放了心，看来她似乎并没有把我和许曼妮联系到一起。

只不过我还是感到有些失落，毕竟再也无法和她回到那种亲密的状态了，尽管只过了这么一天的时间。

然而失落的并不仅仅是我一个人，下课后和高子恒一起走在去食堂的路上，我发现他也是闷闷不乐的。

"你是不是有点怀念许曼妮？"我问高子恒道。

"说不上怀念，应该是有点遗憾。"

"遗憾什么？"

"如果许曼妮不是你就好了。"

"啥意思？"

"如果许曼妮真的是一个交流生，我可能真的会追她吧。"高子恒笑道。

"所以，在海边的那个晚上，你说喜欢我是真心的。"

"嗯，是啊。"

"你究竟喜欢我……或者应该说，你究竟喜欢许曼妮的什么？"

"其实这段时间我一直很矛盾，在不知道你真实身份的时候，我确实对你有过好感，可当我知道许曼妮就是你范进以后，这种感觉变得很复杂。"

"怎么说？"

"你想啊，作为一个直男，发现自己喜欢的女生原来是自己的舍友，这感觉该多崩溃啊。你别看我白天挺正常的，晚上睡觉我可是老做噩梦。"

"那我问你，假如我一直当许曼妮，而且也喜欢你的话，你会不会和我在一起？"

"你这个问题太难了，我可以选择不回答吗？"

"好吧，不为难你了，主要是我对这个问题也很困惑。"

"所以说，喜欢真是一个悖论，以前我一直以为喜欢是件很简单的事情，只要长得好看、志趣相投，其他的根本就不用考虑，现在才发现真正喜欢一个人需要接受并包容她的一切，包括她的灵魂在内，这真的太难了。"

"行啦，我们不聊这个了，无论怎样，咱们都是好哥们儿。"

"那当然，无论你是范进还是许曼妮。"

高子恒在阳光下伸了个大大的懒腰，脸上浮现出前所未有的轻松与释然。

正如一开始变成女生时一样，刚刚变回范进的这段时间里，我过得很不习惯。

我时常会差一点说错自己的名字，洗完澡穿衣服总想着找内衣，被男生勾肩搭背会条件反射地跳起来，内急时总是不小心走进女厕所，即使走对了也老想找个隔间蹲下来方便。

此外，崔世豪他们老说我行为举止看起来有些女气，连拿筷子都翘着个兰花指。

对此我的解释是，我生病时吃了一种药，会破坏我体内的雄性激素分泌。他们听完，纷纷露出惊恐的神情，摸着我的脸问我是不是连胡须都不怎么长了。

确实，我知道，随着时间的推移，这些"排异反应"早晚会消失，但更多的不习惯源自除了刚刚回来时大家对我的关注，我渐渐又回归了原本那个不起眼的小角色，走在路上不再有人侧目或是回头，也不再有人主动来加我的微信找我聊天，关心我的生活，留意我的一举一动，我还是那个平凡的范进，没人喜欢，也没人讨厌。

对于我变回范进这件事，徐小曼似乎是全世界最开心的一个人，她前天在电话里听说后，长长地出了一口气，表现出一种前所未有的如释重负。

"真是太好了，我终于不用再当你的人生导师了。"她在电话的那头欢呼雀跃。

"我好像并没有经常麻烦你吧，而且你也失去了一个好闺密，不是吗？"

"好闺密？我才不稀罕呢，我有的是好闺密，而且都比你像女人多了，少你一个不少。"

"我×，你当初好像不是这么说的吧？！"我有些哭笑不得。

"对了，话说你不会哪天再忽然变回来吧？"

"不至于吧，我还真没有想过这个问题。"被徐小曼这么一说，我顿时觉得背后一凉。

"你跟我说，你那天摔了一跤，会不会真是你的肋骨的原因？"

"你的意思是，当我的肋骨受到强烈的撞击，就会转换性别？"

"是啊，我觉得非常有可能是这样……不然你找个锤子敲一下试试看？"

"我可不干，万一敲断了怎么办？"

挂了电话，我回想了一下那天的状况，隐隐感到徐小曼说的很有可能是事实。之后，我特意上网搜索了一下，虽然没有找到和我相同的例子，却在不少神话中找到了非常类似的说法。

除了《圣经》中亚当、夏娃的起源，印度教中湿婆和他的妻子雪山神也是以雌雄同体的形态出现在传说中，希腊神话中的赫马佛洛狄忒斯与湖中水仙萨耳玛西斯结合在一起后也成了异性同体的阴阳神。

其中最有意思的说法来源于柏拉图在《会饮篇》里借古希腊剧作家阿里斯托芬所述的神话：人本分为三种，除了太阳生的男性与大地生的女性外，还有一种由月亮生的男女合一的人。这种人在体力、精力和品性上都堪称完美，因企图飞上天庭对抗诸神，而被宙斯一分为二，从此这种人的力量便减少了一半。

既然如此多的神话都提到了这种雌雄同体的状况，我或许就是这样一种存在，如果我有这种能够任意转换身体形态的能力，那岂不是很厉害？

但这一切仅仅是我的猜测而已，而且肋骨被撞到真的是很疼的一件事情，我并不想再轻易地去体验这种感觉，再说现在好不容易回归本体，回到了男生宿舍，万一再变成许曼妮，风险实在太大，如果发生什么意外再也变不回来了，那就真的完了。

正当我坐在电脑前胡思乱想时，崔世豪从外面回来了，他告诉我，柳小絮这周末要搞一个很大的派对，请我们级全系的同学一起去她的那家夜店玩，所有酒水饮料免费提供。

"为什么忽然又要搞什么派对？"

"大概是她的欢送会吧，她下周不是要走了嘛……对了你干吗要说'又'？"

我这才想起距离柳小絮离开的日子已经不多了。

"没没没，口误而已……"我慌忙解释道。

"对了，你知道苏琪吗，就是那个德语系的女生，我准备那天请她跟我一起去，然后唱首歌跟她表白。"崔世豪有些害羞地说道。

"啥？表白，你咋又来这套，之前的教训还没长记性吗？"我听完，不禁大跌眼镜。

"哎，你不知道，这次不一样啦，之前发生了点事情让我和苏琪的关系好了起来，后来我们俩经常一起吃饭一起上自习。前几天晚上在湖边我们牵手啦，只是还没确定关系罢了。"他的脸上洋溢着幸福。

"噢，这还差不多，没想到啊，你小子，一段时间不见长能耐啦。"我笑着在他的肩膀上捶了一下。

"当然啦，这都要感谢那个交流生许曼妮，是她帮了我，而且她真的让我明白很多事情，可惜她不能来现场。"

"没关系，我相信她一定能感受到你的喜悦。加油吧，那天有什么要帮忙的，尽管跟哥们儿说。"我有些怅然地对他说道。

"话说你好像喜欢柳小絮吧？"

"这个嘛……很久以前的事情了。"

"我总觉得你看到她时眼睛还是会发光，她马上要走了，你难道没有什么表示吗？"

"能有什么表示，也当众表白吗？"我自嘲地笑了笑。

"那倒不是，我只是觉得，有些事情不说的话，放在心里永远解不开，别给自己留遗憾呀。"

"我的情况很复杂，你没法理解的。"

"那好吧，你真是个傻瓜。"

按理说，被崔世豪说成傻瓜，是我绝对无法容忍的一件事情，就好比被一个福建人嘲笑普通话不标准一样，但此刻的我并没有跳起来踢他的屁股，而是盯着书桌上锁的抽屉陷入了沉思。

而电脑里很适时地传来了那天在迎新晚会上我唱过的那首歌。

"再见，爱人，我曾这样无畏，渴望并不存在的完美，渴望我的爱不会，被你轻易销毁。"

举办柳小絮的告别派对的那天晚上，崔世豪早早地便出门了，因为他要准备一会儿跟苏琪表白的事情，而我和高子恒两个单身狗则很不幸地被安排去帮他买花。

到了花店，我们花了很长时间挑了一束很好看的玫瑰，但在准备结账的时候，我想了一下，又和老板要了一模一样的一束。

"啊？你要干什么？"高子恒有些惊讶地看着我道。

"送人啊。"

"柳小絮？你也要表白？"

"没，人家要走了，好歹表示一下。"

"那你为什么要送玫瑰？"

"不然送什么，菊花吗？"

高子恒在一旁笑出了声，跟我说："你要买就买吧，反正到时候也是找崔世豪报销。"

到了夜店，里面已经热闹非凡，大厅里被重新装饰了一番，原本喧闹的音乐也被换成了稍稍舒缓轻快的曲子，到场的除了我们系的人以外，还有很多柳小絮的朋友，大家都在喝酒、跳舞，气氛显得轻松而欢快。

而柳小絮无疑是这场派对的主角，她穿着很好看的晚礼服，在人群之中显得那么抢眼。她先是到台上感谢所有人的到来，希望所有人能玩得尽兴，随后便融入了人群，和不同的人喝酒调笑。

也就是在这个时候，坐在角落里的我握着那束玫瑰，开始感到有些后悔，我完全不知道在这种氛围中该怎么把花递到她手里，递给她的时候该说些什么。

差不多过了十一点，终于到了崔世豪上场的时候，他走到台上拿起话筒，清了清嗓子，告诉大家，他准备唱一首歌送给柳小絮。

咿咿呀呀地唱完之后，他对着台下说道："其实今晚的这首歌并不仅仅是献给柳小絮同学的，我还想把这首歌送给一个非常重要的人。"

随后他把苏琪请到了台上，将准备好的玫瑰递给了苏琪，非常郑重地问她是否愿意做自己的女朋友。

正当所有人都在尖叫欢呼的时候，苏琪却以迅雷不及掩耳的速度猛地给了崔世豪一记响亮的耳光。

于是空气顿时陷入了尴尬的寂静。

　　一旁高子恒转过来愣愣地盯着我，告诉我，果然历史总是惊人地相似啊。

　　"我记得上次你当着这么多人的面跟我表白的时候，这是我当时做出的反应，但这一次我想告诉你，我愿意。"苏琪说完这句话，露出了一个调皮的笑容。

　　而崔世豪捂着脸，完全没从这种过山车似的反转中回过神来，以至苏琪在大家的欢呼声中拥抱他时，他还是一副委屈得要哭的神情。

　　后来我才知道苏琪早就知道崔世豪当天要跟她表白，所以也用这种特别的方式给他一个惊喜。

　　等崔世豪他们下台以后，我也有点按捺不住了，于是起身一口干掉了桌上的一杯酒，鼓起勇气拿着手里的那束玫瑰也走到了台上。

　　"那个……我今天想送一首歌给柳小絮同学……她这次要走了，我觉得……我觉得很舍不得她，然后……希望她以后也能……能过她想要的生活……"

　　我拿着话筒在台上语无伦次，压根儿不知道自己到底说了些什么，台下的众人也开始对我指指点点，似乎有了一些议论。我只好赶紧点了一首当时崔世豪给我伴奏过的《情歌》，唱了起来。

　　然而开口唱了几句，我渐渐发现有些不对劲，在变回范进之后，我失去了许曼妮的好嗓子，无论我怎么唱，似乎都完全不在调上。台下的观众听着，纷纷发出了嘘声，还有人甚至开始了无情的嘲笑。

还没唱完，我便放下话筒，一脸羞愧地下了台，将花匆忙塞到柳小絮手里，随后灰溜溜地跑出了夜店，独自坐在马路牙子上抽起了烟。

不知何时柳小絮也跟了出来，她拿着两瓶啤酒走过来，坐在了我旁边，然后递了一瓶给我。

"谢谢，刚才真是见笑了。"我接过来猛地喝了一口，说道。

"不会，我觉得你唱得很好听啊。"

"你就别安慰我啦，我自己都听不下去了，而且当着那么多人的面说了那些蠢话，真是太丢人了。"

"唱歌不一定要多好听，话也不一定要说得多漂亮，只要是发自内心的就已经很珍贵了，谢谢你。"说罢，她和我碰了一下瓶子。

我和柳小絮就这样坐在路边一边喝酒一边聊着天，这是我第一次以范进的身份跟她说这么多的话，毫无保留也无须掩饰，一切都是这样简单美好。

"我可以抱你一下吗？"喝完手中的那瓶酒，柳小絮忽然转头问我道。

"为什么？"

"因为你让我想起一个人。"

"谁？"

"一个我爱的人。"

我点点头，然后轻轻抱了她一下，随后她将头靠在我的肩膀上，就像那个在上弦场的晚上一样。

这是一个寒冷的深夜，凛冽的风簌簌地穿过这个城市的街道楼宇，可胸口和眼角却温暖而湿润得像盛夏的湖水。

不知不觉，新的一年就这样到来了。

这些日子我的生活渐渐回归了正轨，除了准备下个学期提前复学的手续以外，我每天都和高子恒他们一起去上课，跑跑图书馆，晚上则跟郭凡他们开黑打游戏，在走廊上抽烟聊天。我还是原来的那个直男范进，只不过现在的我比以前自信开朗了不少，因此也有了更多的好朋友，甚至能约到姑娘一起吃饭了。

而许曼妮则成了一个遥远的传说，无论是在男生宿舍的卧谈中，还是女生们课间的闲聊中，甚至是吉他协会的沙龙上，依然时常听到关于她的逸事，不知为何学院对她的调查并没有进行下去，于是这个谜一样的交流生终于成了一件永恒的悬案。

每每听人说起许曼妮，我总是会不由自主地会心一笑，仿佛在听一个与我无关的故事。

自从崔世豪恋爱之后，他便很少出现在宿舍里，即使好不容易回来了，也总是在打电话，不知道他和苏琪每天哪来这么多可以聊的话题。

对此一直耿耿于怀的高子恒，这天终于忍不住了。他愤愤不平地对我抱怨道，凭什么我变成许曼妮的时候帮崔世豪找了个女朋友，却偏偏把他的给整分手了，这待遇差别也太大了。

我安慰他道："没关系，我还有一个好朋友叫徐小曼，放寒假的时候我把她介绍给你认识吧。"

"对了，柳小絮好像明天就要走了，你会去机场送她吗？"高子恒忽然话锋一转，问我道。

"送她？没必要吧。"我假装不屑地说道。

"你瞒不了我，其实你很想去的吧，你还是很在乎她的。"

"在乎又怎么样，人都要走了，再怎么做都已经不重要了，而且我就算去了，能对她说什么，说我就是许曼妮吗？"

"我记得你那天跟我一起回宿舍的时候穿着一件外套，那件衣服好像是柳小絮的吧？"

"你怎么知道？"

"我看她穿过那件衣服啊，而且你好像跟我说过你没有带冬天的衣服来吧，所以一定是她借给你的。"

"对，这衣服现在还藏在我的衣柜里。"

"你明天去把这件衣服还给她吧。"

"那岂不是相当于承认我就是许曼妮了？"

"其实你也想过要跟她坦白自己的真实身份吧。"

"是，可是我真的做不到，我害怕她的反应，也害怕自己无法面对她的反应，除非——"

"除非什么？"

"你能帮我借一把锤子吗？"我的脑海里忽然闪过一个念头。

"哈？你要干吗，去把她杀了？"高子恒听完，惊得嘴都歪了。

于是我把之前变回范进的细节以及关于肋骨的猜测告诉了他，

听完以后，他歪着脑袋陷入了深思。

"也就是说，你想要以许曼妮的身体去见她？"

"对，这是我唯一能想到的去和她告别的方式，这样一来我可以选择不告诉她真相，即使说了，用这个身体她可能也会更容易接受。"

"你又没有试过，怎么知道一定会成功，而不是把自己敲进医院？"

"我之前就一直想试来着，就是不敢。"

"行吧，我明天去帮你借一把，我看你真的是疯了。"高子恒无奈地摇了摇头。

我看着书桌上那个上锁的抽屉，心里五味杂陈。我知道自己大可以用许曼妮的号码跟她体面地道别，然而一种积压已久的情感在我的内心翻涌起伏，让我无法克制自己去见她的冲动。

第二天一早，我便被高子恒推醒，睁眼一看，他正拿着把锤子趴在我的床头，把我吓得一激灵。

"妈呀，你吓死老子了。"

"我帮你借到了，现在宿舍里没人，你抓紧吧，她再过两个小时就要起飞了。"

"行，麻烦你先出去一下。"我接过锤子，对高子恒说道。

"为啥？"

"你在旁边看着，我紧张，你去门口帮我把着门。"

"好吧，你保重。"

高子恒出去后，我握紧锤子站在床边深吸了一口气，却怎么也拿不出勇气朝自己的胸口敲下去，在反反复复做了很久的思想斗争后，我最终还是抱着必死的决心高高地举起了锤子。

可正当我准备砸下去时，桌上的手机却忽然响了起来。

我接起来一听，居然是何艾的声音。

"是范进吧，我在你们宿舍楼下，你下来一下，柳小絮临走前托我给你个东西。"

我打开门往外走去，高子恒问我道："咋了，失败了？"

"没，柳小絮托何艾给我送了个东西，你帮我去拿一下吧，我没穿裤子。"

不一会儿，高子恒上来了，他把一个盒子递给了我。我打开一看，里面居然是我的移动硬盘，因为之前走得仓促，我把它落在了女生宿舍的抽屉里，忘了拿。

"这……难道……"高子恒顿时语塞了。

我颤抖着双手将硬盘插进电脑，然后打开了文件夹，只见原先柳小絮备份在里面的资料通通不见了，只留下一个文档。

我点开那个文档，里面只有简简单单的一句话："范进，我爱你，再见。"

我盯着屏幕露出了笑容，但眼前的一切变得越来越模糊。

见我还坐着一动不动，高子恒在我背后拿锤子杵了我一下，说道："还愣着干啥，拿着你的外套赶紧出门吧。"

后 记

大约在2012年的时候，我的脑海里浮现出了这样一部小说，当时我自己非常喜欢这样的一个设定，于是迫不及待地在网上发了几章的连载，反响还算不错。很多人催着我把它写完，但因为临近毕业，还有一些非常特殊的原因，我并没有把它完成，而是将它暂时封存起来，这一晃就是五年过去了。

这几年发生了很多很多的事情，我自己也经历了极其复杂的变迁，无论是工作还是生活，一切都成了当年从未想到过的样子。在出了两本书以后，勉勉强强被称作"作家"，但我始终不敢接这个头衔，因为我对自己依然有着更高的要求。

作为一个从初中就开始尝试写长篇小说的人，我似乎有点过分超前了，大部分题材居然都是关于大学生活的，但作为一个没有人生经历的少年，想要写大学真的只能凭借想象，因此这个梦想只能被封存，直到我自己真正上了大学。

　　然而，在大学生活中，我写得最多的却都是短篇小说，因为生活的节奏和状态变了，去熬一本长篇小说出来真的太困难了，无论是毕业后出版的《世界上所有童话都是写给大人看的》还是《南极姑娘》，从严格意义上讲，它们都不是我真正想要的东西，我常说长篇是信仰，这年头长篇确实没有短篇好卖，但正是这种一直以来的信仰支撑着我把这本书完成了。

　　说回到这本小说，我觉得我很难去定义它，我甚至都不敢确定它是否真的好看，是否会被读者喜欢。唯一可以肯定的是，它也许并不算多么剑走偏锋，但它必然有它的特别之处，可能很多人会觉得这个设定并不新鲜。我起初会去写它仅仅是因为自己一直以来的一些恶趣味的幻想，也并没有考虑到这种性别梗是否已经有人玩过了、是不是比我玩得更好。我觉得这并不重要，毕竟这不是一部单纯为了玩梗而诞生的作品，它只要能完整地记录下我想要去表达的很多东西，并且给我精彩而狗血的大学生活留下一个纪念，就已经足够了。

　　里面的很多情节，不能说完全真实，但确实多是我自己经历过，或将看到、听到的事情添油加醋后的，就连人物的名字也多是我大学同学的姓名七拼八凑起来的，我非常希望他们能读到这本书，在故事里寻找我和他们曾经的影子，然后来找我把我痛骂一顿，最后一起笑着聊聊过去，这种期待感甚至超过这本书是否能够大卖、最后会被改成什么剧或电影。

　　你可以说这小说自我意识过剩，不过我并不在乎，我相信很多同龄人甚至更年轻一点的读者或许也能够从中找到很多共鸣，虽然我把范进（许曼妮）完全放在我自己的角度上去构建，但我觉得他也可以是任何一个人，毕竟哪个男生的内心没有女性的一面呢，女生的心里难道就没有男生的影子吗？

这是一个大家都在讨论性别与权利的年代，我自然同意男女平权，但男女平等不代表男女之间无差异，正是这种从生理到心理上的巨大差异带来了很多矛盾与隔阂，也同样带来了这个世界的精彩，我只希望，无论男女，都能够互相理解，并能给对方足够的尊重。

至少我在写这部小说的过程中确实做了不少的功课，为此还不得不很不要脸地去向很多女生问了许多羞耻度爆表的问题。在这个过程里，我收获更多的是理解，确实，当女生真的太不容易了，但希望女生同样也体谅男生的不易。不过，我没这精力再写一本女变男的故事了，如果有机会，希望有同行帮我完成这个心愿。

当然，更多的东西还是留给你们自己去感受去解读吧，无论是整部小说的一些引用，还是一些隐喻，没有标准答案，希望你们能从中得到自己想要收获的东西。

至于这本小说会不会有第二部，在计划上大概率是会有的，只是完成时间无法确定，不过，我不敢承诺我没法保证做到的事情，如果你们真的喜欢，给我发私信催促我、威胁我都可以，只要不给我寄刀片就好。

最后，感谢英专一班全体男生——高恒、崔剑豪、孙宇、张文，与厦门大学外文学院09级全体同学，以及其他级其他学院其他系各

种好友损友前女友的精彩客串，愿你们的青春与记忆在文字里永不
凋零。

　　　　　　　　　　　　　　　　　　　　　　　　　　陈谌